人生に「意味」なんかいらない

「意味を求める病」を手放す授業

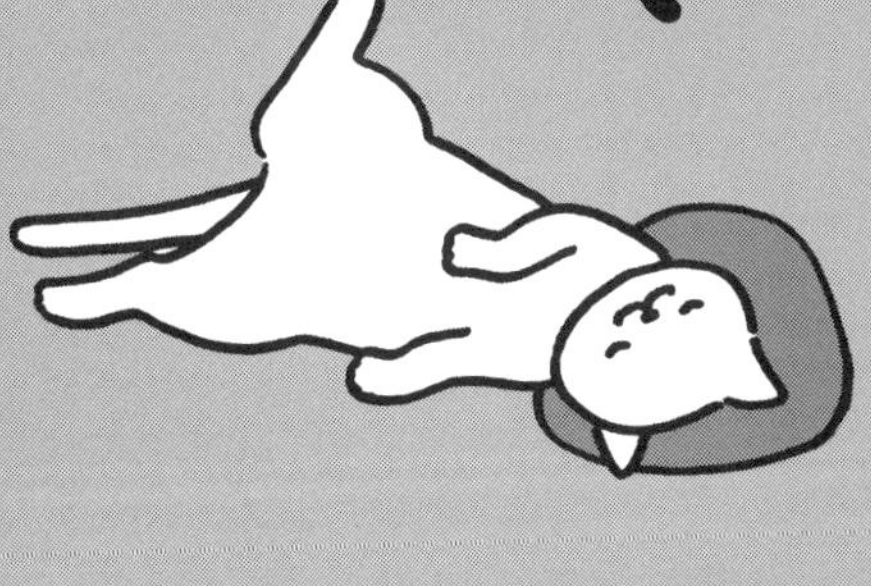

池田清彦

早稲田大学名誉教授、山梨大学名誉教授

フォレスト出版

私が「人生に意味はない」と考えたわけ
——まえがきに代えて

「意味という病」の始まり

人生に意味はないと言うと怒る人がいるのは承知している。私の人生には意味があると信じている人が多いからだろう。しかし、個々の人が自分の人生に意味があると思っているからといって、人生一般に意味があるとは限らない。この2つは別の事柄だからだ。

ところで意味とは何だろう。手元の広辞苑で引くと、

「1 ある表現に対応し、それによって指示される内容」

「2 物事が他との連関において持つ価値や重要さ」

と書いてある。1はイヌやネコといった指示対象を持つコトバの意味のことだ。たとえばイヌというコトバは音声言語としては「i」と「nu」という音の組み

合わせであり、文字言語としては「犬」「いぬ」「イヌ」という字で表される。音声言語や文字言語自体は単なる記号であるが、この記号が指示対象を持てば、それはイヌの意味となる。すなわち、イヌの意味とはワンワンと吠える四つ足の動物である。

コトバが指示対象を持つ場合、コトバの意味は割合にはっきりしている。ネコやライオンを指して「あれはイヌだ」という人はコミュニケーションが成り立たない人として、共同体の言語システムから排除されるからである。

幼児がコトバを覚えるときのことを考えてみよう。幼児に接しているお母さんなどの人は、イヌやネコを指して、「あれはワンワン」「あれはニャンニャン」と教えるだろう。

幼児はこれらの動物の姿を頭に刻んで、「イヌ」や「ネコ」の概念を頭の中に構築するはずだ。身のまわりのイヌやネコしか見たことがない幼児を動物園に連れて行くと、オオカミを見てもジャッカルを見ても「ワンワン」と言い、ライオンやトラを見て「大きなニャンニャン」と言うだろう。まわりの大人がそれを聞いて、「あれはオオカミと言うのよ」「あれはライオンと言うのよ」と教えれば、幼児は自分の頭の中の概念を修正して、「オオカミ」や「ライオン」のコトバの意味を理解する。しばらくすれば「ワンワン」のことを大人は「イヌ」と呼び、「ニャンニャン」のことを大人は「ネコ」と呼ぶことも理解するはずだ。

幼児はどんどん成長して、そのうち指示対象がはっきりしない、あるいは指示対象がないコトバを覚えるだろう。「国家」「正義」「平和」などだ。「人生」もこういったコトバの1つだ。

指示対象を持つコトバに慣れ親しんでいる人は、少なからぬ確率で、コトバは何であれ、誰にとってもほぼ同じ意味を持つという幻想にとらわれてしまう。「意味という病」の始まりである。

「人生」というコトバは、指し示す具体的な対象を持たないので、このコトバを聞いたときに頭の中に思い浮かべる想念は人それぞれ異なる。もし「人生」が具体的な対象を指し示すコトバであれば、お互いに「あれは人生かな」「あれは人生じゃないよね」と指示しあって、同じ対象を指すコトバとして収斂《しゅうれん》してくるだろう。

しかし「人生」というコトバはそうではない。ところが、コトバは何らかの対象を指し示すはずだと信じていると、指示対象が外部世界になくとも、「人生」はある同一性を孕《はら》んだ概念を意味するに違いないというドクサ（臆見）にとらわれてしまう。

人間は優れて社会的な動物であり、幼児は独りでは生きていけず、両親などの大人に助けられて育つ。そのプロセスで、社会の習慣や価値観を覚えて、社会から疎外されないようにふるまうようになっていく。最初はただの模倣であって、大人の真似をすればほめられて楽しいというだけで、そこに何らかの意味があるわけではない。ここでいう意味とは、冒頭に述べた広辞苑の2の解釈、すなわち「物事が他との連関において持つ価値や重要さ」のことだ。

物心がついて自我が芽生えるようになると、「人生」を他の概念と結びつけて、その価値や重要さを考えるようになる（まあ、私のようにそうならない人もいるけれどね）。「人生には何らかの意味がある」という病気が発症するわけだ。

多くの場合、意味の内容は、この人が育った共同体の価値観に沿ったものとなるだろう。現在、ウクライナとロシア、ハマスとイスラエルが戦争状態にあるが、例えば、ハマスの過激派の人生の意味は「己の命を懸けてもイスラエルを倒す」ことであり、イスラエルの過激派の人生の意味は「ハマスを殲滅《せんめつ》」することにあるわけで、これでは戦争になるのは避けられない。

日本でも、太平洋戦争の末期には「神風特攻隊」という自爆攻撃が行われたわけで、特攻機を操縦して死地に赴いていた若い特攻隊員の胸中には「己の人生の意味は何なのか」という問いが渦巻いていたのかもしれない。あるいは「己の人生の意味は国のために死ぬことだ」と固く信じて（あるいは信じたふりをして）、雑念を振りほどいて敵艦に突入した人もいたかもしれない。

「人生の意味」が「死ぬこと」と言うのは矛盾していると思うけれど、何をもって「人生の意味」と考えるかは人それぞれなので、そういう人がいてもおかしくないが、「人生の意味」が千差万別ということは、不変で普遍な人生の意味なんてないという何よりの証である。

意味にとらわれた人の症例や副産物

現在の日本には、ハマスの過激派や特攻隊員に比べれば、のほほんとした人が多いけれども、多くの人が「人生には意味がある」という病に罹《かか》っている点では選ぶところがないような気がする。

親や学校の先生は、子どもたちに人生の目的を押しつけようとする。素直な子どもはそれに誘導されて、児童生徒の頃は一所懸命勉強して、一流高校から一流大学に入ることが、とりあえずの目標だと信じ込まされる。こういう人の中には一流大学に入った途端に目標がなくなって、虚脱様態になる人がいる。かつて5月病というコトバが流行ったことがある。受験勉強を勝ち抜いた人が落ち込む、「意味を求める病」の一つの症例を表すコトバである。

就職をして働くようになると、今度は会社の中で出世をすることや収入を増やすことが人生の意味となる人がいる。こういう人が挫折をすると、本文で詳述するが、いわゆるミッドライフクライシス（中年期の精神的な危機）に陥って、最悪の場合は意味のない人生を生きていても仕方がないという思いにとらわれて、自殺しかねない。

人生には意味があるべきだと思い込むからそういうことになるのであって、「人生には取り立てて重要な意味などない」と思えば、今一番楽しいことをすればいいわけで、自殺をする選択はなくなると思う。

「人生の意味」は世間に流通する物語であって、生きる方便として適当に利用するのは、別に悪いことではないけれども、マジに信じるとろくなことにはならない。「みんなの幸せのために尽くすのは素晴らしい人生だ」「地球の環境を守るために努力するのは素晴らしい人生だ」「日本の発展のために尽力するのは素晴らしい人生だ」とか言ったプロパガンダはみんな話半分で聞いたほうがいい。少なくともこういった言説に普遍的だったり超越的だったりする価値はない。

自分が信じた人生の価値を絶対的だと思い込んだ人の最大の欠点は、自分の思い込みに反する人をあたかも人類の敵のごとく攻撃することだ。あるいは自分の信念に沿うような行動をしろと他人に対して強要することだ。

たとえば、旧統一教会は信者や信者の知人に高価な壺を売りつけるという阿漕《あこぎ》な商売をしていたが、新興宗教の熱心な信者は自分の信念を他人に押しつけることを善行だと思っているので、こういう人にはなるべく近づかないことだ。

自称・環境保護運動家の中にも、自分の信念に反する行動を悪の権化だと思っている人も多くて、結構閉口する。有名なのは「シーシェパード」で、クジラを捕獲する人に対してはどんな手段を使って攻撃してもいいと考えているようで、端的に言えばテロリストだ。「人生を賭けてクジラを守る」との本人が素晴らしいと信じている物語の先に待っているのは、テロというのも皮肉な話だ。

最近も、アサギマダラに油性マジックでマークをして渡りの研究をしている人を、生物虐待だと口を極めて罵っていた人がいたが、意味を求めるというよりも、この場合は「正義を求める」という病がこじれると、ここまで惨くなるという典型例で、救いようがないな。他人の楽しみの邪魔をするのが人生の生きがい、という人が何だか着実に増えているような気がして、これも「意味を求める病」の副産物だ。

「勉強をしろ」と言わなかった両親

私自身の話をすると、意味を求める病に罹ったことはない。小児結核を患《わずら》って、保育園にも幼稚園にも行けなかった私は、「みんなと仲良くしろ」と言われたこともなければ、親もまわりの人も人生の意味など教えてくれなかった。もしかしたら、小児結核で余命いくばくもない子どもに人生の意味や目的など教えても詮無《せんな》いと思われていたのかもしれない。

友だちがほとんどいなかった私は、自宅の前の原っぱにいた虫を捕まえたり、花を摘んだりして遊んでいた。綾瀬川のほとり、葛飾区水戸橋のそばの長屋に住んでいたが、長屋の前は大きな広場になっていて、蝶やバッタやトカゲやカナヘビがたくさんいたのだ。バッタやトカゲはただそこにいるだけで、別に意味のある存在ではなかった。捕まえたり逃がしたり、時には脚をもいだりして遊ぶのが楽しかっただけで、虫たちが何のために生きているのかなどと考えたこともなければ、まして虫の命が貴いなどと考えたことはなかった。

病気がちの私を不憫に思ったのだろう。私の具合がいいときには、父親は日曜日になると、私を自転車の荷台に乗せて、荒川放水路の河川敷にアメリカザリガニを採りに連れて行ってくれた。その当時の私はこれが一番の楽しみで、ザリガニをバケツいっぱい採ってきた。食糧難の時代であり、父親にとっては、家族の食料確保という目的もあったのだろう。

採ってきたザリガニは、井戸水を張った大きな盥《たらい》の中にしばらく入れておいて泥を抜いて、頭胸部をもいで、腹部だけをてんぷらにして食べた。

あまり長く盥の中に入れておくと、小さなザリガニや脱皮直後の殻がまだ柔らかいザリガニは仲間に食われてしまう。友に食われるザリガニは、どんな気持ちなのだろうといった哲学的なことはもちろん考えなかったが、命は、はかないと思ったことは確かだ。もいだ頭胸部は飼っていた鶏のエサにした。腹部がないのにまだ生きているザリガニは、はさみを振り上げて威嚇するが、鶏はなんの躊躇もなくザリガニを丸呑みして次々に食べていった。「情け容赦もない」というコトバは知らなかったが、今にして思えば、そう表現できるような感慨が胸に拡がったような気がした。

小学校に上がる頃には結核は快癒して、自宅は葛飾区から足立区の島根町（現在の梅島）に引っ越した。自宅のそばにはため池があって、今度は毎日魚採りに夢中になった。

小学校に入学する前は誰にも勉強を教わらなかったので、入学したときはひらがなが書けなかった。「池田君以外の同級生は皆ひらがなを書けますよ」と先生に言われてびっくりした父親は、表に絵が描いてあり、裏にその絵を示すコトバの頭文字のひらがなが書いてある木のカルタを買ってきた。

そのカルタの字体が悪かったのだと思うが、私はひらがなの「む」という字の書き順を間違えて覚えてしまった。正字は左側の○の部分を右回りに書くのだが、私は左回りに書くものとばかり思いこんで、「む」というひらがなをきちんと書くのは難しいなあと思っていた。37歳まで間違えて書いていて女房に指摘されて初めて正しい書き方を教えてもらった。

小学校に上がるまで字が書けなくとも生きるに困らないという話である。しかし、言語の基本は音声言語なので、正しい日本語を耳から聞かなければ、正しい日本語を喋《しゃべ》れるようにはならないのだ。

父親はひらがなは教えてくれなかったが、寝る前に童話を毎日読んでくれた。そのおかげで、私は日本語を割合にうまく操れるようになったのだと思う。その点では父親に感謝している。

父母は相変わらず勉強を強要することはなかったが、母親は太平洋戦争の嫌な記憶があったのだろう。「国が言うことを信用しちゃダメだよ」と常に言っていた。私が小学校の頃から世間の「おためごかしの言説」をうさん臭く思っていたのは母親のおかげかもしれない。

その頃の小学校では知能検査をしていた。私は知能検査が嫌いで、真面目にやらなかったりデタラメを書いたりしていたので、いつも知能検査の成績は極めて悪く、通信簿には「知能のわりにはよくがんばっていると思うので、成績が多少悪くても叱らないでください」と書いてあったりした。

そういうこともあったからであろうか、父母は私に勉強をしろと言ったことはなく、私は魚を採って毎日遊び惚《ほう》けていた。ただし、国語の教科書は学期の初めに全部読んで、すぐに暗記してしまった。

好きな蝶を採るために暇そうな大学教授を目指す

小学校の3年生か4年生の頃から昆虫採集に夢中になりだした。魚は採ってもすぐに死んで腐ってしまうが、昆虫は標本にすればきれいなまま保てることを知ったからである。

最初に凝ったのは蝶の採集と蒐集《しゅうしゅう》である。冬以外の季節は暇さえあれば、蝶を追いかけていた。日本産の蝶を全種採集するのが夢だった。父母はここまで生き延びてきて、後はおまけの人生なのだから好きに生きればいいよ、と思ったかどうかは知らない。「蝶など採って何の役に立つのだ」というような説教はされた覚えがない。

暇さえあれば、蝶採りをしていたので、友だちはあまりいなかった。友だちと一緒に遊ぼうという気があまり起きなかった。友だちと遊ぶより1人で蝶採りをしているほうが面白かったのだ。仲間外れにされるのはむしろありがたかった。6年生になってからは蝶採り仲間が1人できて、たいていはこの友人と2人で蝶採りをしていた。

中学生になると、蝶採りはさらに嵩《こう》じて、休日には高尾山とか奥多摩とかに電車に乗って行くようになった。日本産の蝶の名前と特徴をすべて覚えてしまい、ほとんどの蝶は飛んでいるところをちらと眺めただけで種類が判別できるようになった。中学生の私にとって、人生の意味は、役に立つ人間になることでも、金を稼ぐことでもなく、ただ、蝶を採っていられればいいということになったのだ。

しかし、世間ではこういうのは人生の意味とは言わないようで、ならば私は「人生に意味はない」と思い定めて、一番楽しいことをしようと考えたのだ。

もちろん、大富豪の息子でもない私が、好きなことをして生きるといっても、生き延びるだけの金は稼がなければならない。そこで、中学生の私が考えたのは、一番暇そうで、ストレスがなさそうな職を選んで何とか食いつないで、蝶採り三昧の生活ができないかということだった。

私がそのときに考えた一番暇そうな職業は、なんと大学教授であった。その頃の大学教授は暇そうに見えたのだ。今の大学教授は忙しそうで、今なら大学教授になろうとは思わなかったろう。中学生の私は、分類学か生態学の大学教授になってなんとか食いつないで好きな蝶採りで人生を過ごすためのプランを練ったのである。そのためにはそこそこの大学に行って大学院を出て、博士の学位をもらってどこかの大学に潜り込まなければならない。

中学生になる頃には、父親は、知能検査の成績ほどばかではなさそうだ、と気づいたのだろう。「たまには勉強しろよ」と言うようになった。

私のほうも、中学の終わり頃から、蝶採りの合間を縫って受験勉強を始め、都立上野高校、東京教育大学を経て、東京都立大学の大学院で博士の学位を取り、山梨大学に就職できたのである。どんな論文を書けば就職しやすいかという戦略を立てて研究した覚えがある。

私の興味は蝶からカミキリムシやクワガタムシの蒐集に移っていたが、しばらくしてから、進化論研究が面白くなって、昆虫蒐集と合わせて、この研究に夢中になった。当時の国立大学の教員は終身雇用だったので、就職してしまえば学界の流行を追う必要はなかった。

研究の動機は役に立つかどうかではなく、面白いかどうか

当時の日本生態学会はリチャード・ドーキンスに代表される極端なネオダーウィニズムに席巻されていたが、私はこの学説がまったく気に入らなかったので、学会にはほとんど行かずに、好きな研究に没頭した。学会を牛耳ろうとか、賞をもらいたいとかいったパトスはまったくなかった。

大学教授の務めは役に立つ研究と教育にある、と知ったようなことを言う人がいるが、そう思う人はそうすればいいわけで、私には何の文句もないが、心の中ではバカじゃないかと思っていた。

私は自分の好きな研究に心血を注いだが、それがどんな役に立つかなどと考えたことがなかった。ただ面白いからやっていただけだ。教育にはいかなるパトスもわかなかった。もちろん、講義は真面目にしたが、学生をコントロールするのが嫌だったのだ。私自身、他人にコントロールされるのは死ぬほど嫌いなので、学生に私の考えを押しつけるのも嫌だったのだ。

私は、理論書をたくさん書いていたので、私の理論を面白がって私淑《ししゅく》する学生や社会人も多く、押しかけ弟子になった人もいたけれども、ゼミの学生に私の考えを押しつけるつもりはまったくなかったので、私の主著を読んだことがない学生が大半だったと思う。ほとんどのゼミの学生は、私のことを時々テレビに出ている飲み友だちだと思っていたようで、私はそれでまったく文句はなかった。

自分の人生は自分で考えて勝手に生きろ、他人に自分の考えを押しつけたりコントロールしようとしたりするんじゃないよ、ということだけが、私の教育方針で、世間ではそういうのは教育とは言わないようで、困ったことですな。

というわけで、私は、不変で普遍の「人生の意味」などということを考えたことはないのである。

人生に「意味」なんかいらない　もくじ

第2章 資本主義思考と意味の呪縛

第3章 本当はたくさんある意味不明な生物の形質

第4章

「無意味」への恐怖を克服しよう

ブックデザイン　山之口正和＋齋藤友貴（ＯＫＩ－ＫＡＴＡ）
カバーイラスト　坂木浩子
本文イラスト　村木豊
ＤＴＰ・図版作成　フォレスト出版編集部

第1章

人生に意味はなくても楽しく生きられる

動物にはなくて、人間にはある意味を求める病

自殺をする動物は人間だけだ。

こうしたことを言うと、「レミング（和名：タビネズミ）の集団自殺」とか「レミングの死の行進」という言葉を持ち出して、自殺は人間だけのものじゃないという反論が出てくる。たしかに、レミングは大集団で移動して、川や海に自ら突っ込んでいくことで知られているが、当たり前だが、人間のように生きることに絶望したり、はかなんだり、「つまんねえな」と思い悩んだ末の行動ではない。彼らが自殺的な行動に出るのは、次のような理由だ。

ある1つの地域で、集団の密度が非常に高くなると食料が不足し、このままでは共倒れになってしまう状況が生まれるが、そのときにレミングの中で移動の衝動が生じ、集団で一定方向に走っていくようになる。そして、たまたまその行く手に川や海があったりすると、ぼこぼこと落っこちていくわけだ。先頭は「危ない！」と

立ち止まるかもしれないが、勢いがついた後続に押されてしまうのだ。

これは自殺というよりも事故といったほうが正しいが、その様子を見た人が、レミングは自殺するという迷信を広げたのだ。もっとも、レミングは泳ぎがうまく、川を渡ることもできるが、中には溺《おぼ》れてしまう個体もいたことだろう。

これと同じようなことはバッタでも起きる。

たとえば、サバクトビバッタなどのバッタも、集団の密度がすごく高くなると、「飛ぶ蝗《いなご》」と書いて飛蝗《ひこう》という飛ぶのに適した体形になり、大集団で移動する。これもレミングと同様、新天地を求めているわけだが、大抵は途中で野垂れ死ぬ。見様によっては集団自殺になるかもしれない。

サバクトビバッタ、トノサマバッタなど10種近くのバッタは、環境要因によって異なるタイプの成虫に成長する。

卵から孵《かえ》って成体になるまでの幼生の生息密度が高いと、体が黒くスレンダーになり、翅《はね》が長く、後脚が短くなり、飛ぶのに適した「群生相」と呼ばれる体形になる。一方、幼生の生息密度が低いときは「孤独相」と呼ばれる体形に成長する。中間の密度のときは中間的な体形になる。異なるタイプは体形ばかりでなく、行動や食性も異なるが、遺伝子の違いはないので、環境要因の違いに応じて異なる成長をするという表現型可塑性《ひょうげんがたかそせい》の一種である。

そして飛蝗になるのが、前者の「群生相」だ。

レミングの行動を自殺と定義するのであれば、この飛蝗になって移動するのも自殺の一種かもしれないが、もちろんこれは生物種に備わった習性であり、自ら命を落としに行っているのとは真逆で、生き残ろうとするがゆえの行動なのだ。

人間社会では時々集団自決が行われる。本当は死にたくないけれど生きる術《すべ》がないからやむにやまれずみんなで死のうという、太平洋戦争の沖縄戦における住民の集団自決が代表例だ。他にも、1978年のガイアナで起きた人民寺院での集団自殺が有名だ。カルトの教義によって洗脳されて集団自決をするのだろうが、レミングやサバクトビバッタの集団死とは根本的に異なる。

もっとも、集団自決自体は人間社会では稀なことである。ほとんどの場合は、自殺は1人で行う。では、人間以外の動物や虫は、たった1匹で自殺することがあるだろうか。

フライングキャットシンドロームという、ネコが高層マンションから飛び降りる

トノサマバッタの集団自殺!?

トノサマバッタは幼生の生息密度によって、異なる体形に成長する。

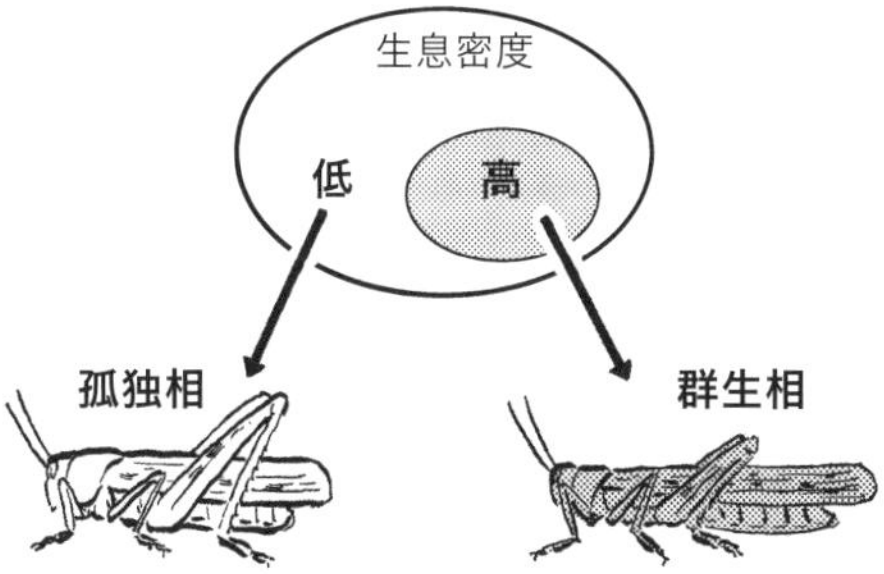

- 体色は緑っぽい。
- 後ろ脚が長い。
- 高い跳躍力がある。

- 体色が黒っぽくスレンダー。
- 翅が長い。
- 高い飛翔能力がある。

群生相のトノサマバッタは、新天地を求めて大集団で移動するが、途中で野垂れ死ぬ個体も大量に発生する。

現象がある。これも世を儚《はかな》んでの飛び降りからはほど遠い。はっきりした原因は不明だが、高さの感覚がつかめず、大丈夫だと思って飛び降りてしまうか、何かに気をとられて飛び降りるか、どちらかだろう。実際、飛び降りたネコの死亡率は6%くらいなので、自殺するつもりはないのだろう。

お調子者の猿が足を滑らせて崖から落ちたり、光を求めた虫が勢い余って火の中に突進することは稀にあるかもしれない。しかし、猿が目に涙をたたえながら高い崖の上から身を投げる光景を見た者はいないはずだ。

やはり自殺するのは人間だけなのである。先の集団自決のようなさまざまな事情があるだろうが、私は人間が「意味という病」に侵されていることが、その理由の1つだと考えている。

人間は「私は何のために生きているのだろう」「私は何かに役に立つのだろうか」など、自分の生きる意味や役割について考えてしまう生き物だ。この疑問を極限まで突き詰めていくと、一部の人は「私は何の価値もない」「生きている価値もない」という結論に至り、だったら死んでしまおうかと考え始めてしまう。そうなると、自分は最初から生まれなければよかったという考えに至り、どうせ生きていても価値がない人間をつくるのは罪深いと思いはじめ、反出生主義に行きつくことになる。

親が子へぶつける呪いの言葉

夢を叶えるのは素晴らしいだの、社会に役立つ人間になれだの、今の子どもはそんな声を小さい頃から親やメディアから聞かされている。耳当たりよく聞こえるかもしれないが、要するに夢を叶えられなかったら、社会貢献できなかったら、生きている価値がないと強迫されているようなものだ。

いや、親自身にその強迫観念がつきまとっているのであろう。「遊んでないで勉強しろ」「勉強しないとろくな大人になれないぞ」と自分も子どもの頃から言われてきたから、「勉強ができないと人生の落伍者《らくごしゃ》になってしまう」と同じことを言ってしまう。

勉強が楽しい子も中にはいるだろうが、楽しくない子がほとんどだ。親による呪いの言葉は、子どもの中で容易に「成績が上がらない自分には価値がない」「自分は人生の落伍者になる」というネガティブなものに変換される。

私の感覚からすると、小学校、中学校の半ばくらいまでは、読み書きそろばん（四則計算）ができる程度でよくて、受験勉強なんかせずに遊んでいたって、落ちこぼれない。ただし、基礎学力をつけることは大事だ。基礎学力とは個別の知識をつめ込むことではなくて、正しい日本語が使えるようになることだ。これは本や新聞を読むことによって養われる。子どもが読みたい本があれば応援してあげよう。

私は小学校の高学年から中学の頃、よく新聞を読んでいて父親に「新聞は見出しだけ読んでたまには勉強しろ」と叱られたが、今から思えば、学校の勉強などしないで新聞を読んで正解だった。子どもは放っておいても思春期になれば将来のことを考えるのだから、それまでは好きなことをさせておいたほうがいい。

そもそも落ちこぼれって何なんだという話にもなる。一流大学を卒業していなければ落ちこぼれか？　ホワイトカラーじゃなきゃ落ちこぼれか？　中卒じゃ落ちこぼれか？　子どもに無理やりお受験をさせたり、英語塾に行かせたり、幼少の頃からスポーツの英才教育を施すような親からすれば、私の意見など呑気《のんき》なものだろう。

しかし、受験勉強では本当の教養は身につかない。

私が子どもの頃までは、学童期の子どもは自殺しないというのが精神科医の常識だった。自殺するのは思春期になって物心がついてからだろうと思われていたからで、たまに起きる、少年少女の自殺はたいへん珍しがられたものだ。親が生活苦などから自殺をはかり、親に説得されて子どもも自殺することが今でもよくあるが、これは自殺というより無理心中だ。

まわりが余計なことを言わなければ、子どもは人生の意味とか、将来の生き方などは考えない、夏になれば魚や虫採りをしたり、冬はベーゴマをしたり凧揚《たこあ》げをしたり、今日一日遊ぶのが楽しければそれでよくて、自殺などしている暇はない。

私が生まれるずっと前、1903年に日光の華厳《けごん》の滝に飛び込んで自殺した藤村《ふじむら》操《みさお》という旧制一高の生徒がいて、大きな話題になった。というのも、自殺現場近くの大木を削って書いた遺書が非常に哲学的だったからだ。

「万有の真相は唯《ただ》一言にして悉《しっ》す。曰《いわ》く『不可解』。」

当時はそんな理由で自殺をするのは珍しかったが、今ならわりと共感できる人がいることだろう。幼少より執拗に生きる意味や目的をさんざん言われてきた人たちは、人生になんの意味も価値も見いだせない虚《むな》しさに押しつぶされてしまう。

養老孟司さんちのネコの教え

私たちは何かのために生きているわけではないと聞いても、すぐには受け入れられない人も多いだろう。「それじゃあ、生きる意味なんてないじゃないか」と。でも、本当のことだから仕方ない。

イヌやネコなどを見ていればわかる。ネコは何のために生きているかというと、ご主人様に奉仕するために生きているわけでもなければ、労働をするために生きているわけでもない。ただ、存在しているだけだ。

以前、対談したときに、養老孟司《ようろうたけし》さんが次のようにおっしゃっていた。

「オレも昔は意味という病に侵されていた」

養老さんは「まる」というネコを飼っておられたのだが、「まるを見ているうち、生きている意味なんていうのはないんだ」と気がついたそうだ。

「まるはいつも一番自分が楽なところでごろごろしていて、飽きればどっかに行っちゃう。飯を食いたくなればせがみに来て、それで食べて満足すると、また自分の一番好きなところに行って、ごろごろして遊んでいるってわけね。『自分は何のために生きているんだ』なんてことは、まるは考えてないから。まるを見ていると、生きる意味なんてのはねえよと思うよね」

本来、人間も動物の仲間なのだから、それでいいはずなのに、なぜか普通の人は「私は何のために生きているのか」なんて余計なことを考えてしまう。それは人間の脳が大きくなって自我を持ったことと関係する。動物は自我を持たないので死の恐怖もないかわりに自殺することもないが、その話は後述する。

真面目な人は、ネコにだって、生物学的には子どもをつくって遺伝子を残して種を残すという「意味」を持って生きていると主張するかもしれないが、ネコ自体はそんなことなどまったく考えていない。ただ、本能に従って、さかりがついたら交尾をして、あとは勝手なことをして、ゴロゴロして、その瞬間、瞬間を楽しんでいるだけだ。

れいわ新選組の山本太郎代表は、どこかでの演説で「生きているだけで価値がある」と言っていた。何かいいことを言っているように思うかもしれないが、価値があるとかないとか、何かを基準にしなければ出てこない言葉であり、生きていることに価値があるならば「死んだ人には価値がない」ことになるわけだ。

存在するものは存在してしまっているのだから、そこに価値があるか、ないかなどと言っても仕方がないわけで、存在するものはただ存在するだけだ。

もちろん人間という存在は、脳の満足を求めているわけで、自分の人生には意味があると考える人がいるのは否定しないし、個人的にそう考えるのは別によろしいのだが、だからといって、それは「人生に生きる意味がある」あるいは「人生には意味があるべきだ」という命題が普遍的な真であることを意味しない。人生に生きる意味がなくたって人は楽しく生きられる。

本書では少しでも意味という呪縛《じゅばく》から逃れるための、動物の一種としての人間の本来の生き方を考えてみたい。

死にたくなる気持ちもわかるが、まずはトンズラ

自殺をする人の心情で私が一番理解できるのは、出口が見えない状態だ。自分の状況を客観的に判断すると、どう考えても事態は好転しない、悪くなる一方だ。だったら生きていてもしょうがない。死んだほうがましだと思い詰めてしまう。

たとえば、自殺の原因として一番多いのは、病気を苦にする自殺だ。どうせあと数カ月の命しかないのに苦痛ばかりが襲ってくるからつらい、死にたいと思う。あるいは、回復する見込みのない病気で、周囲に迷惑をかけてしまうことを気に病んで、死にたいと思う。

思想家の西部邁《にしべすすむ》さんはもともと自殺願望があり、家族などにもそれを伝えていたというが、持病によってまともな執筆活動ができなかったことが自殺の引き金の一つとなったのだろう。将来のことを考えたら、今が死に時だ。死なないと老醜をさらすことになると思ったのだろう。彼は仲間に手伝ってもらって身体に石をくくりつけ、冬の多摩川に飛び込んで自殺をし、手伝った人は自殺幇助《ほうじょ》の罪に問われてしまった。

もちろん、病気に限らず、今の状況から自分の頭で考える限り、人生の袋小路を脱する解決策がまったくなく、右を向いても左を向いても真っ暗闇で、にっちもさっちもいかない状態に陥ると自殺が頭をよぎる。たとえば、会社や学校でいじめられたとか、ブラック企業の劣悪な環境により強烈な精神的負担を強いられた場合だ。要するに、こういったケースでは、生きていることこそが苦しいわけだ。病気でなかったとしても、精神的に生きているのが苦しいので、死んじゃったほうが楽だとつい思ってしまう。

私は、自殺はなるべくしないほうがいいという考えの持ち主だが、別に哲学的だったり、生命倫理学的な高尚な視点でそう思っているわけではなく、人はいずれ死ぬのだから、無理に死ぬ必要はないと思うだけだ。

自殺すると、一番嘆くのは親だ。子どもが自殺したときに、親は「私の育て方が悪かったんじゃないか。何かもっとしてやれることがあったんじゃないか」とすごく悩む。だから親が生きている間に自殺をするというのは最大の親不孝になってしまう。

そうはいっても、前述のように人間には、どうしてもにっちもさっちもいかなくなってしまったというときがある。耐え難い病苦のときは別として、一番簡単に見つけられる出口は、その組織なり状況からさっさと離脱することだ。

ほとんどの人は、差し当たっては、仕事を辞めても別に食うに困らない。さすがに長期的には困るが会社を辞めたとしても、学校に行かなくても、それだけで生命がどうこうなるわけではない。

たとえ頭では「辞めればいい」とわかっていても、辞めたらさらに追い詰められるのではないかと心配になり、なかなか決断できないうちに、選択肢がなくなって自殺したくなるのではないかと思う。会社や学校を辞めるとまわりから落伍者の烙《らく》印《いん》を押されてしまうのではないかとおびえる。自分は落伍者になりたくないと思うのは「人生に生きる意味がある」ので役に立たない落伍者になってはいけないという呪縛から逃れられないからだ。

さっさと枠の中から出てしまうという発想をしてみるのは大切だ。枠の中から出るというのは、言ってみれば自分が属している共同体からトンズラするということだが、実は、これは自殺の代わりになる行動なのだ。この「枠」というのは、所属している集団だけではなく、「人生には意味がある」という社会的コンテクストも含む。

借金苦などで首をつるしかないという人もいるかもしれないが、さっさと自己破産をして、生活保護から新しい一歩を踏み出したっていい。

一方、精神的な疾患で自殺をしたくなるという人もいる。躁《そう》うつ病などなら、病気だから治すことができる。心療内科や精神科病院へ行って、お医者さんに適切な処置をしてもらってほしい。今ではいい薬もあるし、治れば自殺するなんてことは考えなくなる。

ちなみに、躁うつ病の人が一番自殺しやすいのが、うつから躁に変わるときだ。どん底のうつのときというのは、自殺をする元気すらない。自殺をするにも結構なエネルギーが必要だ。だからまわりの人は、本人がうつから躁になるときは気をつけてあげてください。

そのようなわけで、どうしても自殺したくなったら、とりあえず逃げる、助けを求めるということが一番大事だ。そして、とにかく生きればいい。命があれば何とかなる。

この逃げるということの大切さに関しては、第2章でまたお話ししたいと思う。

自我をなくした男は、なぜ自殺しなかったのか？

人生に生きる意味はない。

そう言われても、なかなか、納得できない人もいるだろう。

皆さんの中には、賢くも、その理由を「自我」があるからだと考える人もいるのではないだろうか。私たち人間は、動物とは違って自我を持っているのだから、自分の来し方行く末を考えるので、自分は何のために生きているのだろうと、どうしたって意味を求めてしまうと。

自我とは、簡単に言えば「リアルな私」を見つめている「メタレベルの私」である。「リアルな私」から離れて別人になることはできない。だから現在の「リアルな私」は過去の「リアルな私」から逃れられず、未来の「リアルな私」も現在の「リアルな私」の続きになる。だからこそ、「リアルな私」が抱えている問題を解決しなければいけないのは、他ならぬ「リアルな私」でしかなく、「リアルな私」に解決できなければ「リアルな私」にはもう逃げ道がないと「リアルな私」を観察している「メタレベルの私」は思い詰めてしまうというわけだ。これが自殺をする人の典型的な思考パターンだ。

確かに、自我を持たなければ将来のことを考えることもないし、自分の身の行く末を悲観することもなく、ただ目下の欲望に従おうとするだけなので自殺をすることもない。ネコもイヌも自分の将来は考えないから自殺はしないのだ。それを証明するような事例がある。

1848年、フィニアス・ゲージという当時25歳のアメリカ人が、鉄道の建設現場の現場監督をしていた。すると、近くでダイナマイトが誤って爆発してしまい、ゲージの左の頬《ほお》から前頭葉《ぜんとうよう》にかけて長い鉄の棒が突き抜けてしまった。

普通、脳が破損すれば人間は死んでしまうが、鉄棒が貫いたのは、幸か不幸か脳の前頭連合野《ぜんとうれんごうや》だった。脳幹部の呼吸中枢といったところが破壊されたら、あっという間に人間も動物も死んでしまうが、前頭連合野は、人間の生死には直接関係しないので生き延びることができた。

この前頭連合野とは、後述するように自我の中枢があるところだが、自我がなくても人間は生きられる。動物は前頭連合野が人間ほど発達していないので「メタレベルの自分」すなわち自我はほとんど持ち合わせていないし、虫などの下等な生物にはそもそも前頭連合野はないが、それでも生きている。ゲージは前頭連合野が破壊されて自我すなわち「メタレベルの私」がなくなってしまい、そういう人間がどうなるのかという、たいへん重要な症例の見本となってしまった。

事故が起きる前まで、ゲージは責任感が強く、優しくて思いやりのある人だったという。ところが事故のあと、非常に刹那的《せつなてき》で投げやりな、自分の欲望を剥《む》き出しにする獣のような性格に変わってしまった。周囲から嫌われ、疎《うと》まれ、職も失い、最終的には自分の脳を貫いた鉄棒と自分の脳を見世物にし、幾ばくかのお金を稼いで暮らすといったことまでしたが、彼は自殺をすることがなかった。結局、痙攣《けいれん》を起こして36歳の若さでこの世を去った。

前頭連合野が破壊され、自我が失われたゲージは、自分の将来への展望が欠如していたので自殺をしなかったのだろう。

身体は変わるのに、自我が不変なのはなぜ？

　私たちは「自分（私）」はいつまでも「自分」だと思っているだろう。しかし、「自分」とはいったい何だろうと考えるとよくわからなくなってくる。

　一口に「自分」と言っても、いろんな自分がいる。自分の身体、自分の健康、自分の考え、……など自分という存在にはいろんな側面がある。しかも、その自分のありようも、時間の経過とともに変わっていく。

　たとえば、私は現在70代半ばだが、若い頃と今では、身体のつくりが全然違う。昔は、ちょっとした山であれば簡単に登ることができたが、今ではしんどくなってきたし、平地を歩くくらいは問題ないものの、長い階段を上るのはだいぶ苦労するようになってしまった。

　つまり、かつての自分と今の自分では、身体が異なっているわけだ。そして、思考力も昔に比べると鈍ってきたし、記憶力だって衰えてきて、さっきあったことを

肉体は細胞レベルで変化しているのに、自我は不変のまま「私」を見ている

メタレベルな私（不変の自我）
がリアルな私を見ている。

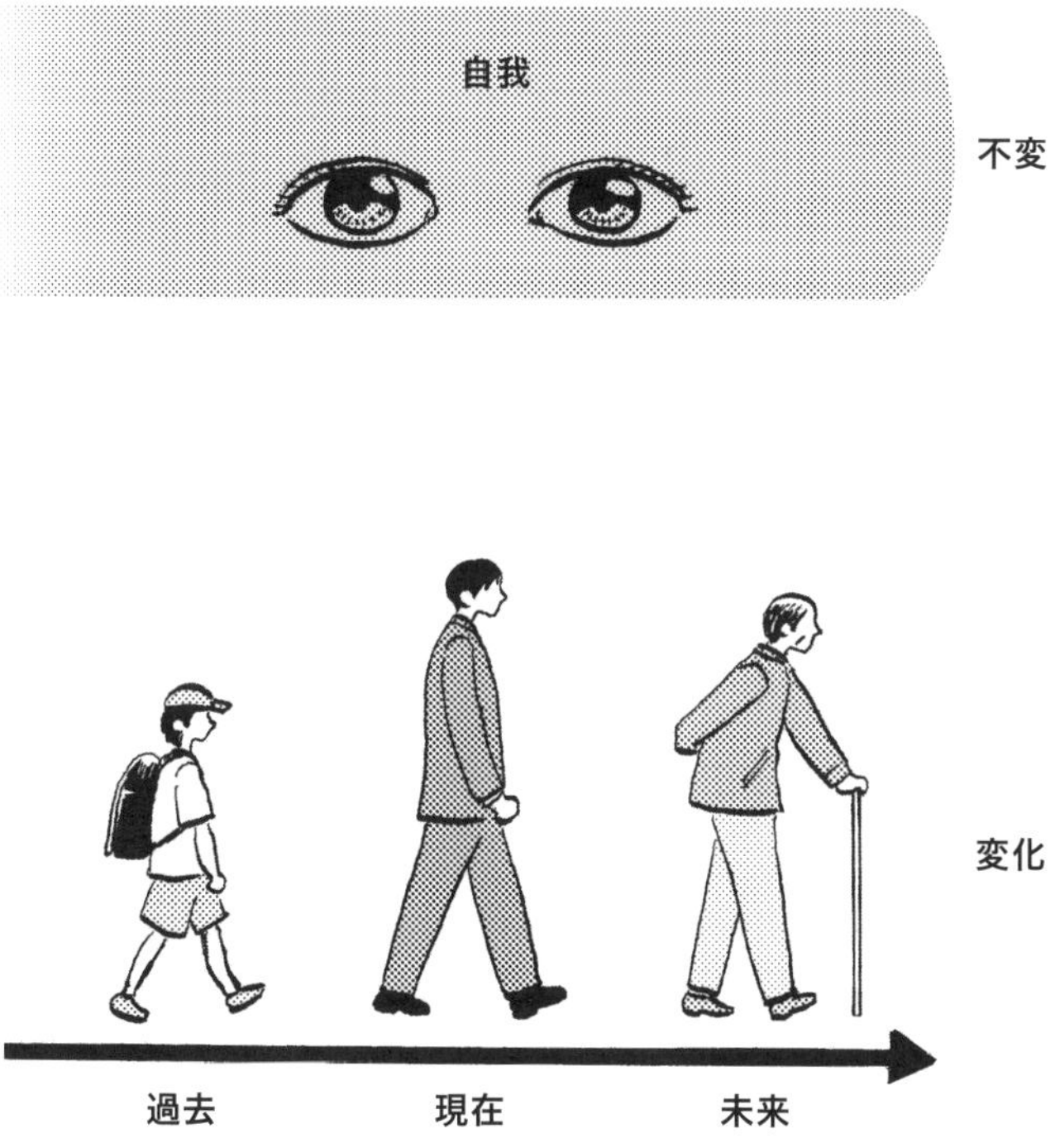

すぐに忘れたりする。20代のときの私と、今の私を並べたら、はっきり言って同一人物とは言えないくらい違うところばかりだ。

それなのに、こういった「リアルな私」を見つめている「メタレベルの私」、つまり自我だけは変わらない。自我は「不変」なのだ。自分の肉体や、その他いろんな側面はだいぶ変わってしまっている。私たちの身体は約37兆個の細胞でできていて、その細胞は死んだり、生まれたりしているので、私たちの身体は昔と今では細胞からして違っている。にもかかわらず、なぜ自我は「不変」なのか？

自我は脳のどこにあるのか？
――前頭連合野のダイナミックシステム

一方、動物には自我がないか、あるいは自我がとても希薄だ。

自我がない、あるいは希薄というのはどういうことかというと、たとえば、ここにウグイスがいてきれいな声で鳴いているとする。自分が鳴いているというくらいのことは、わかっているだろうが、そのウグイスはよい連れ合いが見つかるだろうかとか、来年自分は生きているだろうかなどはまず考えていない。

ところが、人間には自我があり、過去・現在・未来にわたって「自我は不変だ」と思っているので、自分の将来のことや、他人と比較して自分はどうなのかといったことに思いを巡らせ、それによって悩んだり苦しんだりしている。

そして、自我は不変であるにもかかわらず、身体はどんどん衰え、刻一刻と変わっていっているから、人間はそのことに恐怖を抱くようになる。

そのため、たとえばアルツハイマー病になって自我の力がどんどん弱くなっていくと、「メタレベルの私」は「リアルの私」の状況を考えることができなくなるので、将来のことを憂えたり、他人と自分を比較してくよくよ悩んだりといったことがなくなるのだ。ついには「メタレベルの私」、つまり、自我が消滅してしまえば、そういった苦しみから解放されるので、それはそれで幸せだと考えることもできる。


それでは、その自我はどこにあるのか。

「我思う、故に我あり」の言葉で有名なルネ・デカルトは、自我は脳の中の松果体《しょうかたい》にあると主張した。松果体は、左右の脳のちょうど真ん中に位置していて、原始的なムカシトカゲでは第3の眼などとも言われている器官だ。人間の場合は、脳の中に潜っているが、光に反応するところがあり、暗くなるとメラトニンという睡眠を司るホルモンを分泌する中枢だとされている。

私は長らく『ホンマでっか!?TV』というテレビ番組に出演してきたが、その共演者に脳科学者の澤口俊之《さわぐちとしゆき》さんがいる。私は彼が大学院生だった頃から知っている。彼が1990年代後半に書いた『「私」は脳のどこにいるのか』（ちくまプリマーブックス）というとてもいい本がある。ただし、ある程度、生物学や脳の知識がある人でないと、完全には理解できない内容かもしれない。

この本で、澤口さんが言おうとしていることは何かを噛《か》み砕いて説明しよう。デカルトは、この松果体という場所に、自我が「局在」していると主張した。しかし、澤口さんをはじめ現代の脳科学者は誰も松果体局在説を支持していない。澤口さんによれば自我は前頭連合野に局在しているという。つまり、局在というあり方は正しいけれども、場所が違うということだ。

ただし局在していると言っても自我という実体が前頭連合野に静的にとどまっているというわけではない。

前頭連合野における
自我のダイナミックシステム概念図

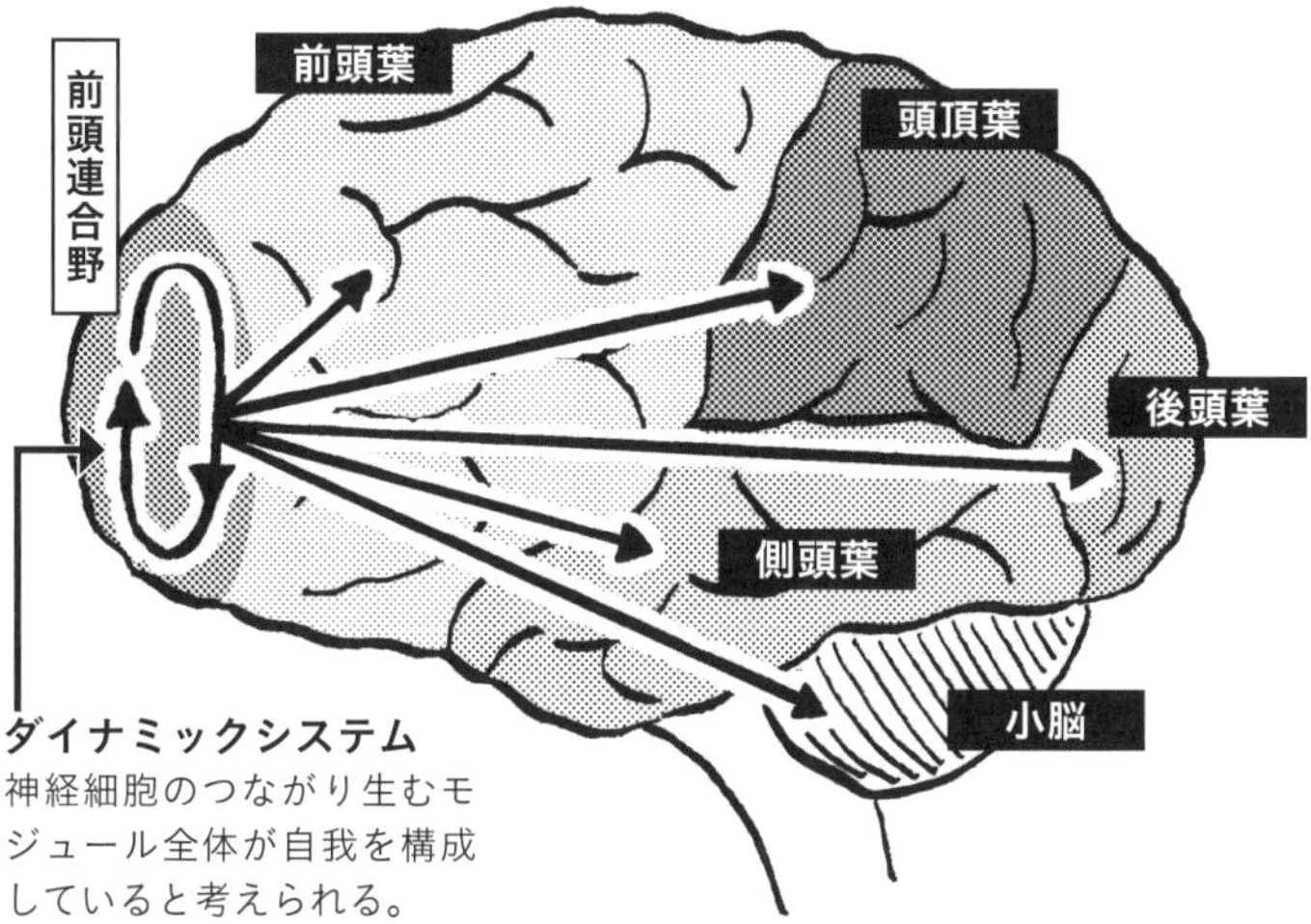

不変の自我は前頭連合野のダイナミックシステムであり、これが他の脳領域を見つめている。

澤口さんの言う自我が前頭連合野に局在しているというのは、前頭連合野にはさまざまな神経細胞があり、それらがお互いにコミュニケーションを取り合うことで、ある種のダイナミックシステムが維持されており、そのダイナミックシステムによって起こるプロセス自体が、我々の自我なのだということだ。要するに、「自我はこれだ」と指し示せるような「もの」であるのではなく、動的な「こと」だということだ。これは、なかなか納得できる説だ。

しかし、自我がダイナミックシステムによって起こるプロセスそのものだとすると、ある疑問が湧いてくる。ダイナミックシステムというのは、私たちの身体が変化するのと同じで、それ自体がどんどん変化していくもののはずだ。にもかかわらず、なぜ、私たちの脳の前頭連合野は、「私たちの自我は変わっていない」と認識しているのか？　これが、第2の問題となる。

異なるものを「同じだ」と認識する自我

私たちの自我は、静的な構造の中に閉じ込められているのではなく、前頭連合野の神経細胞ネットワークが作るダイナミックシステム、つまり動的なシステムのプロセスこそが自我で、そういう形式で「前頭連合野に局在」していると澤口さんは主張しているわけだ。

しかし、前頭連合野自体は不変ではない。そこにある細胞は若いときに比べるとどんどん減っているし、機能も衰えてくる。したがって、その前頭連合野で生まれるダイナミックシステム自体も、昔と今では変化しているはずだ。細胞を構成している高分子だって、毎日ちょっとずつ入れ替わるのだから、まったく同じダイナミックシステムが維持されるということはないはずだ。

にもかかわらず、私たちは、「自我は不変だ」と思っているわけだ。これは、大いなる疑問だが、これは私たち人間が「ある一定の範囲内に収まっているもの」を同じだと見なす能力を持っているからではないかと思われる。

私たちの使っている言葉を例に取って考えてみよう。日本語には、母音が「あ・い・う・え・お」の5つが存在している。私の出身は東京だが、以前茨城県に住んでいたことがあり、実は茨城の人というのは「い」と「え」の区別があまり得意ではない。

私の長男はその頃茨城県の戸頭西小学校というところに通っていたのだが、授業参観のときに校庭を歩いていると校庭の隅に小さな樹木園があって、そこに「イゴノキ」という表記のついた木があった。そんな名前の木は知らないぞと思って、よく見たらそれは「エゴノキ」だった。またもっと昔の話だが、茨城を通る常磐線の終着駅である上野に着くと、たまに車掌さんが上野のことを「ういのー、ういのー」と言っていたことがある。きっと茨城県出身の車掌さんだったのだな。

それから、私自身は「ひ」と「し」の区別があまりよくつかない。江戸っ子すなわち東京の下町出身の人にはそういう人が多い。だから「朝日新聞」をよく頭の中で考えて言わないと、つい「アサシシンブン」と言ってしまうことがある。

このようにして、人間というのはさまざまな理由で、微妙に異なる音韻の区別ができなくなる、言い換えれば、異なる音韻を脳が「同じだ」と認識してしまうことがあるのだ。おそらく、これは人間の持っている特徴で、脳の中ではこれと同じようなことが起きているのではないかと私は考えている。

つまり、脳の中の前頭連合野のダイナミックシステムが微妙に変化して、過去のそれと現在のそれが違っていたとしても、私たちはそれを「同じだ」と思い込むことができるということだ。

おそらく、動物にはこの能力がなく、違うものは違うとしか捉えられず、違うものを同じであると見做すことができないがゆえに、自我が希薄なのかもしれない。自我という不変の参照軸がないので、変化現象を解読することができず、自分のことや未来のことについてほとんど悩まないのだろう。

自我とコトバが似ているというのは澤口先生の説ではなく、あくまでも私の考えだ。

前頭連合野のダイナミックプロセスは、脳の中で毎日変化しているのに、人間は変化しているプロセスが一定の範囲内に収まっている限り、それらは「同じだ」と認識することができる。それが、自我が不変だと思える根拠ではないかということだ。

「本当の自分」ではなく「自分が適応できる場所」を探せ

現代に生きる人の中には、「自分探しの旅」などというものに惹《ひ》かれたり、実際に旅立つ人もいる。一時期、この言葉が流行《はや》ったことがあったが、そもそもなぜ人間は自分探しなどという概念に惹かれるのだろうか。

動物は確固とした自我がない。それゆえ、本当の私って何だろう？　などという疑問にとらわれることもない。人間だけが「本当の私」という概念をめぐって悩むのだ。しかし、考えてみると、それはとても変なことだ。

今、そこに、ありのまま存在しているあなたが本当のあなたであって、それ以外の何者でもないはずなのに、本当の私はここにはいない、本当の私を探したい、と言う。

なぜ、そういうことになるかというと「メタレベルの私」すなわち自我から見て「リアルな私」の現状がものすごく不満だからだ。

自分はいつかきっと一皮むけて、今よりもっと素晴らしい自分になれると信じているのだ。それは、はっきり言って自我の妄想なのだ。自我の妄想と「リアルな自分」の落差が激しくなるとありのままの自分をどんどん嫌いになっていく、今流行の言い方でいえば、「自己肯定感」が低くなっていく。そして結局、会社や学校の中の「リアルな自分」を嫌悪して「本当の自分はこの自分じゃない」などと、気もそぞろに過ごしているわけだから、人生がかなり息苦しい。

どれだけメタレベルの私が、「自分はすごい」と思ったところで、他人は「リアルな自分」しか評価してくれないので、「メタレベルの自分」が「リアルな自分」に接近しない限り、不満は解消されない。

要は、今のありのままの自分を認めてそれで満足するか、あるいは少しでも理想に近づくように努力するかの問題であって、今のありのままの自分を認めないという道を歩み始めたとたんに、おかしくなっていくのだ。

本当の自分とは、端的に言えば、社会(他者)が私たちにあてがってくれたポジションにいる私のことだ。それ以外の「本当の自分」などというのは幻想にすぎない。社会があなたにあてがってくれたポジションが気に入らないなら、リアルな自分の立場を変える努力をするしかないし、それもただ無闇にがんばるのではなく、自分の個性に適応的な場所を探す努力をしたほうがいい。地道な努力を放棄して、一足飛びに「メタレベルの自分」が求めている理想の立場を実現するには、自分は凡庸な大衆と違って、宇宙の真理を知っているエリートだと思い込むのが一番簡単なので、そういう人はスピリチュアルなサークルや新興宗教にはまりやすいので注意したほうがいいよ。

本当の自分は、今、そこにいるのだということ、それ以外の自分を探そうとしないこと。これは、現代を健《すこ》やかに生きていくうえでとても大切なことだ。

年代別自殺者数から考える「意味を求める病」との闘い

自殺に話を戻すとして、自殺をするのはメタレベルの私から見てリアルな私のふがいなさが納得できず、リアルな私を消してしまいたいと思うからだ。自我がまだ確立していない子どもは、リアルな私しかないので、自殺をすることはまずない。思春期になって自我が確立してくると、メタレベルの私の理想と、リアルな私の齟齬が大きくなって、リアルな私を消したいという衝動が起きることがある。10万人当たりの自殺死亡率が最も高いのは50代で次に20代であることからも、青年期の自殺は自我の確立と関係していることがわかる。

いじめによる自殺が後を絶たないのは、学校や遊び仲間の集団の中で、自分が好ましいと思う地位と、リアルな自分の地位があまりにも違うことに納得がいかずに、リアルな自分を消してしまいたいと思うからだ。

なぜこんなことになるかというと、自分にとっての生きる意味が、己の属する集団の中で、ある程度の地位を得て、上手く立ちまわれるようになることだからだ。

繰り返しになるが、生きる意味などない、とさっさと今属している集団や集団の理念から離脱してしまえば、自殺などしなくてすむ。ところが、生きる意味という呪文にとらわれている人は、それがなかなかできないのだ。幼少の頃からみんなと仲良くという教育を受けてきたので、頭を切り替えることが難しい。

それに先生もまわりの人も、みんなと仲良くしろとか、もっと勉強しろとか、努力は貴いとかといった、生きる意味を押しつけてくるものだから、ますます苦しくなってくる。

「がんばらなくてもいいんだよ」「みんなと仲良くしなくてもいいんだよ」「一番好きな自分にとって楽しいことだけしていればいいんだよ」と小学生の頃から教えてくれる大人がいれば、思春期の青年の自殺はだいぶ減るのではないかと思う。

ところで、20代よりさらに自殺死亡率が高いのは50代である。20代の次が40代である。40代～50代の自殺はミッドライフクライシスと関係している。

思春期を乗り越えてそれなりの社会的地位を得て、収入もあり、経済的に自立した人は、もっと収入を増やしたい、あるいはもっと高い社会的な地位を得たいと思うだろう（まあ、思わない人もいるけれどね）。こういう人が中年に差し掛かり、もはやこれ以上の出世は望めそうもなく、収入も下降線をたどるばかりだと思うと、私は今までなんのためにがんばってきたのだろうという虚無感にとらわれ、生きる張り合いをなくしてしまうことがある。いわゆる、ミッドライフクライシスである。

他人から見てうらやましいほど成功した人でも、頂点に達してしまったと自覚すると、これからの人生を何を目的に生きればよいかわからなくなり、ミッドライフクライシスに陥る人もいる。

俳優の武田鉄矢さんは、30代の頃にはドラマ『3年B組金八先生』で一世を風靡し、42歳のときに主演をした『101回目のプロポーズ』が大ヒットした後で、鬱に陥ったそうである。頂点に達してしまったので、これからの人生何を目標に生きるべきかわからなくなったのだろう。

人生には意味がなければならないと考えるからそういうことになるのであって、

人生は究極的には無意味なのだから、がんばって生きる意味を探す必要などないのだ。今一番楽しいことをすればいいのである。そう考えれば、鬱になることもなければ、鬱が高じて自殺をすることもない。

専業主婦の人の中には、夫の出世が楽しみだったり、子供の成長を支援するのが人生の目的だったりする人もいる。

こういう人は、夫が出世街道を外れたり、子どもが独立したりすると、人生の目的がなくなって鬱になってしまう場合がある。女の人は男の人に比べて自殺をする人が少ない（2021年の統計では日本国内の男性の自殺者は1万3939人、女性は7068人）のは、こういった場合でも頭の切り替えが早くて、別の楽しみを見つける能力が男の人より高いからなのかもしれない。

60代以降の自殺率は青年期や中年期に比べてずっと少なくなる。

何かを目的に生きるということが少なくなって、そのときに一番楽しいことをすればいいと思えるようになるからかもしれない。

85歳を過ぎると認知症の人が増えてくる。85歳から89歳では認知症の割合は40％ほど、90歳以上では男性では52％、女性では90〜94歳までは62％、95歳以上は82％

に上る。90歳以上で、男性のほうが女性よりも認知症の割合が少ないのは、男性は認知症になってからの生存年数が短いからだと思われる。

認知症の人は生きる意味などは考えないので自殺をする人はいない。これが高齢者の自殺死亡率が少ない原因である。そういう意味では子どもや動物と同じである。

認知症にもいろいろなタイプがあって、怒りっぽくなるタイプや暴力的になるタイプもあるが、大半は穏やかなタイプである。認知症と診断されてから性格がよくなったと言われる人も多い。生きる意味を考えるといった悩みがなくなって、心が平らかになったからだと思われる。自我が薄くなっているので、メタレベルの私が弱くなり、死ぬのが怖くなくなり、今一番楽しいことだけをするようになる。がんの末期になっても、認知症の人はそうでない人に比べ、痛みがあまり強くないようだ。

そう考えると、認知症は人生の最後に天が与えてくれたご褒美なのかもしれない。少なくとも私の人生は何だったんだろうとか、死ぬのは怖いとか思っているよりははるかにハッピーな老後であることは確かである。

第2章

資本主義思考と意味の呪縛

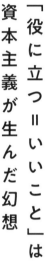

「役に立つ＝いいこと」は資本主義が生んだ幻想

２０２０年の統計によると10代の自殺は７４９人だった。ちなみに新型コロナで亡くなった10代は10人に満たなかったので、若い人はコロナよりも、よっぽど自殺で死ぬ人のほうが多いわけだ。90代とか80代ぐらいになるとコロナで死ぬ人も多いが、10～30代ぐらいまでは、圧倒的にコロナよりも自殺で死ぬ人のほうが多い。したがって、自殺予防ワクチンでも開発したほうがコロナワクチンを10代に打つよりもよほど死亡者数を減らせる（もちろん、そんなものはないので残念だが）。

とはいえ、ワクチンはなくても、自殺を予防することができないわけではない。だから、コロナワクチンを子どもに打たせようなどと考えるのではなくて、子どもの自殺をどうやって防ぐかを考えたほうが、世の中はよっぽど良くなるはずなのだ。

子どもの自殺の原因のほとんどはいじめだ。大人だってパワハラといういじめで自殺する人はたくさんいる。いじめやパワハラというものは、要するに、「お前は役に立たない」と言われているようなもので、徹底的に尊厳が挫《くじ》かれる。

したがって、まず、「役に立つ＝いいこと」という幻想を頭から取り払う必要がある。もちろん、この社会に組み込まれて生活している限り、いつまでたっても役に立つ・役に立たないという評価軸にさらされることにはなるだろうが、少なくともそんなイデオロギーに迎合せずに相対化することで、自分の存在意義などという答えのない問いにいつまでも悶々《もんもん》とすることから自由にならなければならない。

現代はグローバルキャピタリズム（国際資本）に蹂躙《じゅうりん》されているので、一番価値があるのは、金を稼ぐことだということになっている。言い換えれば経済合理主義だ。

投資をして最大のお金を稼ぐにはどうしたらいいか。それができる人、できる企業、できる道具が「役に立つ」ものであって、それができないのは「役に立たない」と評価される。したがって、会社で一番重宝されるのは安月給で一番会社に貢献する人となる。

朝から晩まで安い給料で働かされて、サービス残業をする労働者は、会社にとっては「役に立つ」。時たま周囲から称賛されて「私はみんなの役に立っている」なんて瞬間的に自己肯定感が高まり、さらに仕事に邁進《まいしん》する人もいることだろう。しかし、燃え尽き症候群のようにふとしたきっかけで、「自分は何のために生きているんだろう」と考え込み、「なんだ、自分は働くためだけに生きているのか。これじゃ奴隷と一緒だろう」と虚無感に襲われかねない。

そんなふうに誰かから役に立つ道具として称賛されるくらいなら、食うに困らない程度の給料分だけ適当に働いて、残りのリソースをプライベートに注ぎ込む生き方のほうが、幸福度が高い。ちなみに私の座右の銘の一つは、「人生は短い。働いている暇はない」だ。

利他主義の行き着く先は全体主義

人間だって、ネコみたいに意味から離れることができれば、幸せに生きられたのだろうが、人間はやはり社会システムに拘束されている生き物なので、資本主義の世の中では自分がやりたいことばかりやっていては親の遺産が何十億円もあるといった特殊な人でない限り、食っていけない。それで、本当は働きたくないけれども、生きていくため、家族を食わせるために、仕方なく働いているという人も多いだろう。

もちろん、家族のために働くというのは、悪いことではない。しかし、「誰々のために働く」という利他主義が行きすぎると、社会全体はどんどん生きづらくなっていく。

利他主義とは利己主義の反義語で、自分以外の他の人のためになることをしなさいという考え方だ。一般的には良いことだと信じられているが、だからこそ曲者なのである。

まずは人間の集団の最小の単位である家族のためにがんばる。それは健全だ。自分や子どもが生きるために働いて、お金を稼がなければならない。自分の産んだ卵を自分で食べちゃうようなグッピーみたいな生き物もいるが、基本的に動物にとっては自分が生きることと、自分の産んだ子どもたちをうまく育てるということは、種として存続するために一番重要なことではある。しかし、「会社のため」と言い出したり、もっと大きくなると「村のため」「国のため」、さらには「世界平和のため」とか、旧統一教会信者だったら「神のため」とか単位が大きくなるにしたがって、どんどんいかがわしくなっていくことに気づくだろう。

利他主義と聞くと、人間として素晴らしい模範的な考え方と思っている人が多いが、とんでもない。本当は、利他主義という言葉は、権力者が被支配者層を呪縛するための呪文なのだ。

現在の権力は資本主義なので、あなたが、利己的に、自分の幸せ、自分の楽しみ、自分の喜びのために、「ネコ」のように生きることを選ぶと、資本主義はそれを「けしからん」と非難する。なぜなら、それは資本主義にとって役に立たない生き方だからだ。そのときにあなたを非難する際に使われるのが「利己的」「利己主義」という言葉なのだ。だから、「利己主義」はこの文脈では悪口なのだ。しかし、資本そのものは利潤の追求を目的とする徹底的な利己主義だ。国民の「利他主義」は権力者の「利己主義」のためのスローガンになっている。

そして、利他主義の行き着く先は何かというと全体主義国家だ。

国のために働きなさいというスローガンの下で、国民のすべてが一致団結したらどうなるか。そして、それ以外の生き方を選ぶ人を否定したら?

全体主義とは、個人が全体のために、個人の楽しみを犠牲にしろというポリシーなので、全体という集合的な他者のためになることをしなさいということは、「個を没せよ」と命じているのと同じだ。したがって、家族以上の単位のために働くという考え方を、多くの人がよしとすればするほど、その社会はだんだんと全体主義に近づき、個人の自由が脅かされる、生きづらさの極致のような状態になってしまう。「自分は誰かにとって役に立つ意味のある存在にならなければいけない」という意味を求める病から、多くの人が抜け出すことができないと、おそらく行き着く先はそんな社会だ。

しかし最近は、国家のため、あるいは神のために努力しろという、露骨な利他主義はあまり受けが良くなくなってきたので、資本主義のプロパガンダはずっと巧妙になった。今はちょっと損するように見えても、将来的にはあなたやあなたの子孫のためですよという利己主義をくすぐって、資本主義に奉仕させるように誘導する言説が幅を利かせるようになってきた。安全、健康、環境にいいことをするのはあなたやあなたの子孫にとって、結局はお得ですよという甘言に引っかかる人は驚くほど多い。

2つほど例を挙げると、1つは健康診断の強要、もう1つはSDGsの称揚である。

健康診断やSDGsの大嘘

自覚症状がない人が健康診断を受けても、受けない人と比べて死亡率に差がないことが海外での大規模な比較研究により明らかになっている。しかし、日本ではその手の情報をマスコミが流すのはタブーのようで、多くの国民は健康診断を受ければ病気が早期発見されて寿命が多少延びると信じ込まされているようだ。

さらに、健康診断を受けて早期発見ができれば医療費を削減できると、これまたウソの情報を信じて、健康診断を受けるのは自分のためばかりではなく、世間のためだと思って、少しばかりいいことをしたと、晴れがましい気持ちになっている人も少なくないようだ。しかし、健康診断で、高血圧や高コレステロール血症と診断されて、自覚症状もないのに薬を飲むと、かえって健康を害する。医者や製薬会社は儲かるけれどね。

福井市で1986～1989年にかけて健康診断を受けた男女、約3万7000

人を5年間追跡調査した結果、コレステロール値が最低のグループで、総死亡率が最高になっていることがわかった。総コレステロールが120㎎/dLでのグループの総死亡率は約14％、121～130㎎/dLでは約10％、131～220㎎/dLでは約6％、221～250㎎/dLでは約4％、251㎎/dL以上では約3％という結果だった。また別の統計ではコレステロール値が低い人はがんで亡くなりやすいこともわかっている。

コレステロールが高いのは健康によくないと信じ込まされて、薬を飲んでかえって寿命を縮めている人は、驚くほど多いが、これも薬は病気を治すために飲むというプラスの意味を、過度に求めた結果である。

高血圧でも同様な現象があって、高齢者はある程度血圧が高いほうが長生きすることがわかっている。フィンランドで75歳から85歳までの男女521人を降圧剤を飲ませずに、自然に任せて経過観察した調査では、80歳を超えたグループでは最高血圧が180㎜Hgを超えた人たちの生存率が最も高くなったという。

フィンランド症候群と名づけられた有名な現象がある。フィンランド保険局が40歳～45歳の男性の上級管理職1222名を612名の介入群と610名の非介入群に分け、介入群には1974年から5年間4カ月毎に健康診断を行い、必要な介入を行った。たとえばコレステロールや血圧が高い人にはコレステロールや血圧を下げる薬を処方したのだ。非介入群には何も特別なことは行わなかった。

その後、1989年までの15年間の死者数と死因の追跡調査を行った結果、驚くべきことに、介入群の総死者数は67人、非介入群では46人だったのだ。とりわけ心疾患死は34：14と介入群と非介入群では有意の差が見られ、健康診断を受けて治療されるとむしろ死亡率が上がる結果になったのだ。健康診断はメリットがないというより有害だったわけだ。

健康診断が寿命を延ばさないことがはっきり証明されてしまったので、アメリカやEUでは企業に従業員の健康診断を義務づけている国はない。独り日本だけが、いまだにそんな無意味なことに金と時間を使っている。なぜそうなるかというと、健康診断をやめると健康診断で潤っている医療資本が困るからだ。

何であれ、何かをすることに意味があるはずだと思い込みたい人は、自分が無意味なことをしていると思いたくないので、健康診断には意味があるとハナから思ってしまう。養老孟司に聞いた話だけれど、かつて東大の全学部の中で、教員の健康診断の受診率が一番低かったのは医学部だったそうである。かなりの数の医者は健康診断が無意味なことを知っていたようだ。

新型コロナを予防するというmRNAワクチンも原理的に危険なワクチンで、接種後に心筋炎や心膜炎で亡くなるケースが相次ぎ、複数回打っても感染する場合も多く、デメリットのほうが多いけれど、意味があると信じて接種する人が後を絶たない。ワクチン接種は自分のためばかりではなく皆のためだという利他主義的な甘言にだまされて、いいことをしていると思っているのかもしれない。

さまざまな危険性が指摘されているけれども、私見では免疫学的に一番危険なのは、mRNAを取り込んで、スパイクタンパク質をつくっている細胞が、免疫系から感染細胞とみなされて攻撃されることだ。特に、新型コロナウイルス感染後や、ワクチンを打って免疫が成立した後で追加mRNAワクチンを打つのは危険である。細胞がウイルスに感染すると、ウイルスは細胞の代謝機構を利用して細胞の中でどんどん増殖する。同時に、ウイルスに感染した細胞は取り込んだウイルスを分解して、分解したタンパク質を表面に提示する。

免疫が成立している場合、この感染細胞は免疫系のキラーT細胞に攻撃され、ウイルスもろとも殺される。mRNAを取り込んでスパイクタンパク質をつくって細胞表面に提示している細胞も免疫系にとっては感染細胞とみなされて攻撃される可能性が高いのだ。2回目以降のワクチン接種の後、心筋炎や心膜炎を起こすのは、免疫系に攻撃されたからではないかと思われる。マスコミはそういった情報を流さないので、医療資本の金儲けに利用されている善意の人々（アホな人々）は、mRNAワクチンにプラスの意味があると信じているわけだ。この世のほとんどのことにはプラスの意味はないのだと悟っていれば、だまされる確率は減るのだけれどね。

SDGsは、環境に配慮しないと今に地球は大変なことになって、あなたやあなたの子孫の生存に負の影響が出るという脅しをかけて、一部の環境関連企業が儲けようという、私に言わせれば最悪のペテンで、多くの現代人がだまされている。これについては最近本を書いたので（『SDGsの大嘘』宝島新書）、詳しくはそちらを参照されたいが、これもまったくの利他主義ではなく、半分は自分のためになるというふうに思い込ませることによって、自分にとっても他の人々にとっても意味のあることだと信じ込ませることに成功した例である。

CO_2が地球温暖化の主因という話は嘘であるし、ソーラーパネルや風力発電が環境にやさしいという話は大嘘であるが、これらを推進することによって関連企業は大儲けすることができる。資本主義は手を替え品を替えて儲けることを考えるわけで、人生の目的は金を稼ぐことではないと思っている善良な人々も、SDGsには意味があると考えた途端に、資本主義の儲けの片棒を担がされてしまうわけだ。

それで、あなたも儲かってハッピーならば、それでもいいわけだけれども、なけなしの金と時間を使って、アンハッピーになってもなお、SDGsには意味があると考えているとしたら、愚かと言うほかはない。

環境に適応できないなら逃げればいい

それでは、この生きづらい社会で、意味を求めずにどうやって生きていけばいいのか。

そのヒントはやはり自然界にある。ダーウィンの進化論を発展させたネオダーウィニズムの自然選択説をご紹介しよう。

あるエリアに生物が生息しているときに、環境が変わると、元の環境に適応していた種は生きづらい。しかし、ある確率で突然変異は必ず起こるので、環境に適応した突然変異を起こしたものは生き残り、不適な突然変異を起こしたものは滅びる。そのサイクルが繰り返されることで、環境に適する変異を起こしたものだけが生存する。

ところが、私はこの説に反対している。私の考えはこうだ。

まず、生物が、突然変異を起こす。当然、その環境に適したものは生き残るが、環境に適さなかったものがどうなるかというと、ネオダーウィニズムはそのまま滅ぶと推測したが、私はそういった種はその環境から「逃げる」と考えている。つまり、自分に適した場所を探して移動する。生物は動くわけだから、環境に適さなかったからといって、そのままそこで野垂れ死にするものばかりとは限らない。「環境が合わないなら移動する」という選択肢だってあるはずなのだ。むしろそのほうが常態だと思う。

たとえば、暖かいところに生きている種が、突然環境の変化でそれ以上に暑くなってしまったときに、その暑さに適応できる変異を起こした個体はその場にとどまるが、そうならなかった個体は、北の方に移動してなるべく暑くない場所に住むようになるはずだ。

ところが、種が部分的に移動したかどうかというのは、人間にはわからないから、この地域の動物は、長い時間をかけて環境に適応したから生き延びたのだ、と勝手に結論づけてしまう。しかし、本当はそうではないかもしれない。その種だって、別のところから移動してきたのかもしれないし、その場所から移動して他に移って新天地で適応した種だっているかもしれないのだ。

私たち人間も、そんなふうに生きられるはずではないだろうか。

会社の環境が変わってしまった、あるいは、学校の環境が変わってしまったときに、その環境に対して自分の生きる目的だとか、意味だとかを無理やり適応させて、その場にとどまって生き延びようとするよりも、自分に合った新しい環境を目指して移動したっていいはずだ。

環境の変化が起きたときに、その場にとどまって、その環境に適応させようとする会社のやり方というのは、それこそネオダーウィニズムの自然選択説に毒されている。

個人だけでなく、能動的適応という発想を組織や社会全体が持つことができるようになれば、私たちの生きているこの社会は、確実に変わっていくはずだ。

たとえば、会社が新しい経営方針を打ち出して、従業員の働き方や環境がより管理的になったとしよう。上司は「今までのやり方じゃダメだから、会社の新しい方針にフィットするように働きなさい」と言ってくるはずだが、ネオダーウィニズムの自然選択説に毒された考え方だ。新しい方針が嫌なら、働きやすい環境で働けるように工作すればいいのに、多くの人はそうしない。

リモートワークに適している人と適していない人もいる。新型コロナになってリモートワークになったことがうれしいという人はかなりいるわけだ。反対に、家で1人だとつまらないから会社に行って同僚と話しながら働いたほうが楽しいという人もいる。まあ、あんまりいないだろうけど。

いろんな生き方があるなかから、自分が一番生きやすいのはどういうものかを考えてみよう。働かないで株の取引で食っていくのが一番いいと思う人もいるだろうし、そういうのはストレスフルなので、組織に属して人と付き合ったりして働いたほうが楽しいという人もいるだろう。結局、自分の感性とか目的とか、関心相関性によってどんな生き方が望ましいかが決まってくるわけだ。

だから、環境が変化したので、その環境に適応するためにがんばれという考えは、一見まともなように思われるけれども全然ダメなわけだ。

労働者の主体性を尊重する企業、雁字搦めにする企業

サイボウズの社長の青野慶久《あおのよしひさ》さんから聞いた話だが、かつては社員の離職率が異様に高く、潰れそうになったこともあったという。どうしたものかと社員に相談したところ、社員の好きなように働かせれば離職率が下がるという意見が出て、思い切って働き方を自由にした。この「働き方改革」はコロナ禍以前から進めていたことだという。

社員が自分の働き方を自分で選択できるので、週3日だけ出社して残りの2日は

リモートとか、地方に住んで完全リモートで働く社員とかが出てきた。多少年収が下がっても、趣味やお稽古に時間を使うという人もいる。

中には山梨県の丹波山村《たばやまむら》に住んでいる社員もいるそうだ。多摩川の源流で、東京に出るにも車で3時間半から4時間くらいかかる。家庭菜園で食い物もある程度つくれるし、会社から給料をもらえるから、それで悠々自適に生活できるそうだ。青野さんに聞くと、その人は年に3回くらいしか会社に来ないと。それでも会社の業務をこなせれば、問題はないわけだ。

フランスにも社員がいるそうだ。外国に住んでいる人とも、リモートで簡単にやりとりできる時代だから問題ないのだろう。

それらをすべてOKにしたら、一気に離職率が下がったし、今の会社の規模を見ればわかるように業績も拡大していった。青野さんの先見性と胆力はすごいと思う。

もっと小規模の、大阪の摂津市にある、バナナエビとかタイガーエビとかの天然エビを加工しているパプアニューギニア海産という会社の成功例もある。

働いているのはほとんどが近所に住んでいるアルバイトの女性。かつては定時の勤務期間が決まっていて、休暇を取るにも電話を入れて許可をもらって……という、昔ながらの管理をしていた。しかし離職率がかなり高く、アルバイトの求人をしょっちゅうしなければならなかった。社長もほとほと疲れてやけになったのだろう、働きたい時間だけ働いてOK、休みたくなったら休んでいいし電話もいらない、早退したくなったら勝手に帰ってもいいとルールを変えたそうだ。

すると、アルバイトの女性も働き勝手が非常にいいから辞める人がほとんどなくなったし、その女性の友だちも「自分を雇ってください」と来るもんだから、求人を出すこともなくなったという。

さらに、自分の好きな仕事だけをして、嫌いな仕事はしてはいけないというルールまでつくった。エビの加工には、解凍する、殻をむく、小麦粉をつける、パン粉をつける、きれいに並べて包装するとか、いろいろ工程があるが、人によって好きとか嫌いとか、得意とか下手とかがあるから当然人員の偏りも出る。したがって、人手不足の工程があるときは正社員がフォローに入った。その結果、生産性も製品の質も上がったという。やっぱり自分が一番得意なことをやると、早いし正確にできるのだ。お客さんからも評判がいいから、たくさん発注を受けて儲けが出て、バイトの時給も上がったそうだ。

こんなやり方でうまくいくのかと私もびっくりした。好きなことをやっていたほうが楽しいし、自分のペースでやれれば効率も上がる。さらには指図されないのでかえって責任感が生まれるのだろう。管理するためのコストがかからなくなったことも大きい。勤怠はタイムカードを集計すればいいし、休む休まないの電話に対応することもない。もっと生産性に直結する仕事に注力できるようになったわけだ。

一方で、労働者を無闇に管理するとどうなるか。

新型コロナウイルスが流行する1カ月くらい前にイオンが従業員のマスクをした接客を禁止した。にこやかに接客することが大切なのに、マスクをすると顔や表情がよく見えずにお客様に失礼だからというよくわからない理由からだ。とはいえ、従業員の中には風邪気味だったり、花粉症だったりする人もいるから、どうしてもマスクをしたい人は、上司と個別に面談して、許可をもらう必要があるという話になった。

許認可というのは一種の権力行使なので、それができる立場にいる者は自分が意味のある存在だと感じて気持ちいいのかもしれない。しかし、そのために費やす時間は、イオンの本業とはまったく関係がない、むしろ無駄なコストになる。本来は売上を上げるために仕入れ値を下げるとか、新商品の開発なんかをすることが大事なのに、マスクをするしないで1時間も2時間も話を聞くなんて、ブルシット・ジョブの最たるものとしか思えない。

他人をコントロールするのが生きがいで、そこに生きる意味を見つけて喜ぶのも意味という病の典型だ。

「反抗」も「あきらめ」も生存戦略のうち

それでも真面目なサラリーマンは、「私はこれだけ会社のためを思って働いているんだから、いざとなっても首にはならないだろう」と思っている。しかし、そういう人ほど簡単にクビが切られるものだ。上司から言われたことをはいはいと聞いてばかりいるやつは、上司にとってみれば都合のいいやつだから、人員整理が必要になったら最初に肩を叩かれる。

反対に反抗ばかりしているやつは、それなりの理由がない限り、辞めろといっても辞めてくれない。無理にクビにすると裁判を起こされたりしてめんどうだ。

かつてある会社に勤めていた私の妻が、辞めてから10年後に同期会に行ってみたら、クビになった人は会社の言うことをよく聞く人で、クビになっていない人は会社に盾突《たてつ》いている人ばかりだったそうだ。よく言われることだが、イエスマンばかりの会社は潰れてしまう確率が高く、会社の方針を批判する社員の意見を多少は聞いた会社は倒産を免れるということはあるので、この会社の上層部には目が利く人がいたのかもしれない。

他人によく思われたいというお人好しの人は、旧統一教会に騙《だま》されてしまうタイプでもある。人に頼まれると嫌とはいえない性分だから、街頭で「アンケートをお願いします」なんて声についていってしまう。「そんなのめんどくせえから嫌だ」という人は絶対引っかからない。

だから人と軋轢《あつれき》を起こさずになるべくいい人でありたいとか、人に嫌われたくないみたいな感じの人は、注意したほうがいい。1回新興宗教にハマってしまうと、埋没コストが発生するからなかなか辞められない。埋没コストとは注ぎ込んだ労力、資金、時間などが無駄になることだ。これだけ一生懸命活動したんだから、その努力を無駄にしないために、辞めることを考えられなくなる。しかも辞めたら地獄に落ちるとか、サタンに魂を抜かれるとか言われてしまうので、余計辞められなくなる。

見切るとか、あきらめるとかというのはとても大事なことで、あまり1つのことにのめり込まないほうがいい。日本が太平洋戦争でクラッシュを起こしたのは埋没コストを切れなかったからだ。ミッドウェイ海戦の大敗で、日本の上層部はもはやこの戦争に勝てないのは完全にわかっていた。だから石原莞爾《いしはらかんじ》はうまいこと停戦して、なるべく自国が不利にならないような条件で負けを選んだほうがいいと言ったけど、東條英機みたいなばかな連中は埋没コストを切れない。英霊たちに申し訳ないし、これまでかけた軍事費がすべて無駄になるからがんばろうと。

でも、どうやっても挽回《ばんかい》できるわけがないから、最後の最後に原爆を2発も落とされてしまった。早くお手上げしておけば、少なくとも300万人の人は死ななくてすんだものを。

努力すれば何でもできるとか、夢をあきらめてはダメだ、みたいな教育を子どもたちにするけど、自分に向いていなかったり、コストをかける割には得るものが少ないと思えてきたら、途中で損切りしなければいけないことがあることも教えるべきだ。そうしないと、他の可能性の芽までどんどんと潰すことになる。

狩猟採集民と農耕民の労働観の違い

人間が意味を求めることに重きを置くようになった起源について考えてみよう。最新の学説では、今から30万年前にホモ・サピエンスが誕生したといわれている。それから相当長い期間は狩猟採集生活をしていた。世界の人口は、10万年前は5万人程度、1万年前は500万人くらいで、ある程度近親の数家族が集まった50人くらいの集団で、定住をあまりせずに食糧を求めてさまよっていたと言われている。洞窟に住み、食糧を得て、お腹がいっぱいになれば、寝そべったり、ぼうっとしたり、性行為をしたり、赤子に乳を飲ませたりしたのであろう。そしてまわりに食糧がなくなれば、また別の場所を探すというライフサイクル。要するに、ほとんど野生動物と同じような生活をしていたわけだ。

そんなふうに狩猟採集生活していた人の実労働時間は1日3時間程度といわれて

いる。現代では、3時間のパートの収入じゃ生活できない。ふつうは7、8時間働くし、10時間以上なんて人もいる。働かざる者食うべからずと言っているけど、狩猟採集民の人は働くことが美徳だなんていうことはなかった。冷蔵庫もないから、必要以上に働いて肉や魚をとっても腐らせるだけ。その日暮らしこそが、かれらにとってもっとも効率的な生き方だったのである。

飼いネコがたまに、食べるわけじゃないのにネズミとかのちょっとした動物とかセミとかを捕まえて、自慢気に飼い主に見せに来ることがあるが、たまに大物を捕まえて威張っていたオヤジもいたことだろう。もちろん、こちらはみんなで食べるのだ。

現代もアジアの山奥やアフリカには狩猟採集民が残っているが、その集団内では食糧を多くとってきた人がいたとしても、あまりお礼はされないという。とってきた人も、ほめられるわけではないが、気前よく食糧を平等にみんなに配る。これは狩猟が上手い人の集団内での地位が上がり、下手な人の地位が下がるという身分の差を生まないための部族の知恵なのだ、とボルネオの奥地を調べたある人類学者が論じている。すなわち、食糧をとってこない人は役に立たないから死んだほうがいいという考えが生まれることを予防しているわけだ。

ところが、7000年ほど前から世界のあちこちで農耕が始まる。穀物をつくって食糧を保存することができれば、餓死する仲間も減るし、やはりコンスタントに食糧を得られるほうが安心できる。

コメは中国の揚子江の周辺で、小麦は中東で栽培が始まり、約2万年前にアジアから北アメリカに渡った人たちが南下して、7000年前にはトウモロコシを南米で栽培するようになる。

ただし例外もあって、オーストラリアのアボリジニーは農耕をしなかった。オーストラリアには穀物になるような優れた野生の植物がなかったのか、あるいは発見されなかったのかもしれない。そもそも農耕をするまでもなく、人口の割合に比べて捕れる動物の数が多いうえに、真獣類に比べて動きがどんくさくて捕まえるのが簡単な有袋類がたくさんいるから、日々の食糧に困ることはなかったと考えられる。

農耕が始まると、人々は定住生活をするようになり、人口が増え、集団の規模が大きくなり、いさかいを治めたり、協同作業をしたりするために、集団のルールが必要になった。したがって、農耕へ移行した社会と、狩猟採集を継続した社会では、集団の統治システムに大きな違いが生じる。前者では国家が生まれ、文字が発達した。国家としての統治が必要でなかったアボリジニーはルールを守らせるための文字を持つ必要がなかったのである。

さて、農耕ができるようになると、働けば働くほど収量が増えて貯蔵できるようになる。凶作が続いても貯蔵していた食糧を出せばある程度飢えをしのげたので餓死する人も減る。豊作が続いたときは、養える人数が増えるので、子どもがどんどん増えるし、その子どもが労働力になる。そうやってどんどん集団が大きくなり、ついには国家が生まれたわけだ。

狩猟採集時代と比較して、農耕時代になると、働けば働くほど収量が増えるので働かずにサボることが許されなくなってくる。

人間が意味を求めるようになったターニングポイント

その結果、働く人は偉くて、働かない人は偉くないという、働かざる者食うべからずという倫理が生まれてくる。

戦争が起こるようになったのも、農耕社会になってからだ。ある集落で飢饉《ききん》が発生して食糧不足となり、このままでは飢え死にするほかはないとなったときに、一か八か豊富な食糧を持つ集落を襲うというのが原始的な戦争の始まりだ。

狩猟採集時代は蓄えなんてないから、戦って相手を殺したところで人肉くらいしか得るものがない。そもそも、人間を殺して食べるよりも、ほかの動物を殺して肉を食うほうがよっぽど簡単だから戦争をするメリットなんてなかった。

ところが農耕社会になって戦争が起こるようになると、小集団が結託して1000～2000人規模の大集団となり、堀や壁をつくったりして防衛するようになる。さらに、烏合《うごう》の衆では戦争を戦えないから、指揮命令系統をはっきりさせ、それなりに訓練もするようになる。今のロシアを見ればわかるように、素人や囚人を集めて無理やり兵士にしたところで使い物になるわけがない。戦争は烏合の衆100人より精鋭部隊20人のほうが強いのだ。

ともあれ、最終的に集団が1万を超え、小さな国家ができると、指導者層と中間層と平民と奴隷が生まれる。こうした身分制度下では、下層の人たちは朝から晩まで働かされるので、生きていても現世はただの苦行となる。そうした人々を救うために生まれたのが宗教というわけだ。世界最古の一神教とされるユダヤ教が、抑圧されていた辺境の民であったイスラエルの住人から生まれたのは故ないことではないのだ。

一生懸命善行を積めば、死んだあとに天国に行ける、あるいは教えに背《そむ》いて悪いことをしたり、働かないと地獄に落ちてしまう、という教えにすがらなければ心を癒やすことができない。

昔も今も、こうした天国や地獄という死後の世界の存在は、強固に人心をコントロールしてしまうことは、旧統一教会を見ればわかるだろう。神様に仕え、献金しないとサタンがやってきて地獄に落ちると。旧統一教会に洗脳された人の生きる意味を端的にいえば、サタンが出回らせた金を奪い取ることだ。サタンをこらしめて、回収した金を神様にお供えすれば、神も自分も救うことになる。だから人に壺《つぼ》を売りつけて、巻き上げた金を教団に寄付することをまったく悪いと思っていない。

要は「お金」のやりとりこそが生きる意味になったと矮小化できるが、もちろんこれは宗教に限った話ではない。そもそもお金は面倒な物々交換の代わりのツールでしかないが、株の売買をしている人のなかには、お金を増やすことが生きがいになっている人もいることだろう。このお金に自身の生命を懸けるほどの意味を付与してしまう人もいる。

日航機墜落事故の顛末《てんまつ》を書いた『墜落の夏』というノンフィクションの著者である吉岡忍に聞いた話だが、9・11、いわゆるアメリカ同時多発テロ事件でワールドトレードセンタービルに旅客機が激突した際、みんなが一目散に逃げているなか、1人だけパソコンにしがみついて株の売買をしている人がいたそうだ。この人にとっては、自分の命よりもお金や株の売買のほうが大切だったのだ。宗教にのめり込んでいる人も同様に、自分の命よりも大切なものがあるわけだ。

以上のように、人間が生きている意味とか価値を考えるようになったのは、狩猟採集民から農耕民に移ったことがターニングポイントになる。そして国ができて、宗教が生まれ、道徳が生まれると、それに付随して「生きる意味」という物語が生まれてくる。

社会生活を成り立たせるためには、資本主義にせよ共産主義にせよ、何らかのナラティブを共有することが前提となる。しかし、個が完全にその中に組み込まれてしまうと、他人によってあてがわれた生きる意味や目的によって人生がコントロールされて、ふと気がつくと、自分は何のために生きているのだろうという疑念がわいてくる。

ネアンデルタール人の人間味と資本主義の冷酷さ

1957～1961年にかけて、イラクにあるシャニダール洞窟でコロンビア大学の学者たちがネアンデルタール人の9体の骨を発見した。この洞窟でネアンデルタール人は、今から3万5000～6万5000年くらい前に暮らしていたと言われている。

この骨のそばに花粉がたくさん落ちていたので、ネアンデルタール人は死者を悼んで花を捧げたのではないか、現生人類と同様の知性や感性を持っていたのではないかと一躍有名になったが、最近では、花や種子を運ぶ習性のあるスナネズミが墓に巣をつくったという説が有力になっている。だからといって、ネアンデルタール人に人情のようなものがなかったとは言い切れない。

シャニダール洞窟から発見された骨の中に、シャニダール1号と呼ばれる特徴的な人骨がある。左の眼窩《がんか》が粉砕骨折しており、右手がなく、そして足の骨もかなり変形しているために、うまく歩けなかったと想像できる。事故による損傷だと思われるが、実はそれが原因で死亡したわけではなく、怪我を負ったあともしばらく生きていたことが調査によって判明している。

これが意味することは何かを考えてほしい。目も見えず、右手も使えない、役に立たない人でも、仲間から見捨てられることなく、治療を受け、食糧を与えられ、共に生活をしていたということだ。

普通の野生動物はそうはいかない。アフリカにはレイヨウというウシ科の動物がいるが、仲間が足を折ったりすればライオンなどの捕食者の餌になるのを待つばかりだとわかっているから見捨てるしかない。

同様に、ネアンデルタール人も、足手まといになりそうな仲間がいたら見捨てたり、抹殺しても不思議じゃなさそうだが、ホモ・サピエンスに比べれば、少し知能が低いといわれているものの、ネアンデルタール人にも仲間を見捨てない人情のようなものがあったわけだ。

ひるがえって、今は何かしらハンデのある人に対する社会保障はあるし、それをしなければならないということが社会常識になってはいるが、「役に立たないヤツは死ね」みたいな話がどこからともなく出てくる。いい年した大人が「生産性がない」などと堂々と言う。役に立つ・立たないが価値基準になっているわけだ。相模原市の津久井やまゆり園で起きた殺人事件は、まさにそういう考えの人間が起こしたものだ。

成田悠輔《なりたゆうすけ》というイェール大学の教員が、経済発展が行き詰まった日本の解決策として「高齢者は老害化する前に集団自決、集団切腹みたいなことをすればよい」と主張して炎上した。論評する価値もないほどアホな意見だけど、本人は、文字通りの考えを持っているわけではなく、視聴者受けを考えたリップサービスのつもりであり、政治家をはじめとした社会の一線に居座る「老害」への引退勧告の比喩として使ったと釈明しているようだ。

ともあれ、「シルバーデモクラシー」と揶揄《やゆ》されているように、少子高齢化によって現役世代の若者に社会保障負担が重くのしかかる一方で、政治の政策も人口が多くて選挙の票が取れる高齢者のほうを向いているように見えて面白くないという若者もいるのはわかる。未来のない老人ではなく、オレたちに金を回せというのもわかる。

しかし、高齢者へ対する社会保障が手厚いからこそ（高齢者の実感としてはそうは感じないが）、高齢者の子ども世代が親の生活面の面倒を必要以上に見なくてもよいのだ。親が病気や怪我をしたときに病院代を肩代わりすることもないし、行政も介護に協力してくれる。孫にお年玉を与えられるくらいの暮らしであれば、両親の生活費をことさら気にする必要もないだろう。そうした社会保障がないと、もし自分の親が認知症になったり、寝たきりになって預かってくれる施設がないと、会社を辞めて自分が面倒を見なくてはならないかもしれない。

社会保障というのは、みんなで幸せになろうという相互扶助システムなのだから、そこを攻撃したってしょうがないわけで、お金がある人からもっと余分に税金を取る方向に話を向けるのが筋だ。持病があってしょっちゅう病院に行っている人はたいへんだ。私はほとんど病院にはかかっていないけれど、自分もいつお世話になるかわからないから高い健康保険料はしょうがないねくらいに思っているし、いまだけ見れば大損だけれども長い目で見れば、帳尻《ちょうじり》はだいたい合うだろうと思っていたほうがいい。人間が生きるのに、そういう寛容さは大切だ。

貴族や金持ちは、それ相応の社会的責任があると考えるノブレス・オブリージュ（高貴な人の義務）という考えが欧米社会にはあるけど、日本の社会だって、仲間で飯を食えば一番金があるやつが払うというのが不文律になっている集団もある。養老孟司と飯を食えば、だいたい養老さんにおごってもらうし、学生と飯を食えば、ほとんど私が払う。

人はやっぱり奢《おご》ってくれる人になつくもので、何かあったときにはその人のために働こうと思うものだ。

ただ、政治がからんでくると面倒くさいことになる。旧統一教会だって、ずいぶん自民党にお金を渡したんだろうから、もらったほうはやっぱり話を聞かざるをえなくなる。その元手はあまり裕福とはいえない信者から巻き上げた金なのだから酷いシステムである。プア・オブリージュ（心貧しき人の義務）だな。

自給自足の生活は資本主義の敵

もちろん、特殊な場合を除いて人は金を稼がないと、今の世の中では生きていけない。

しかし、田舎に住んでいて、ある程度土地を私有している人は現金収入が少なくとも暮らしていける。そういった人は、消費の半分くらいを自給自足の暮らしで補うことが可能だ。自分の畑で野菜を、田んぼでコメをつくり、ニワトリを飼えば、それでおおむね生きてはいける。あとは電気や水道などの公共料金を支払える現金収入があれば問題ない。天候や病院や役所が遠いなどの社会的インフラ面においてはストレスがかかる場合もあるだろうが、売上やノルマなどの数字を追うストレスもなければ、嫌いな人と無理に付き合う必要もない。羨ましいと思う人は多いだろうし、私も憧れるところがある。

しかし、資本主義に照らせば、そういう人たちはただの「役立たず」にすぎない。

なぜなら、資本主義は金を循環させて、売買の差益を蓄積するシステムなので資本主義にとって「意味がある」存在とは、お金を稼ぐ人と使う人である。一般の農家は作物をつくってそれを売り、その金で何らかの必要物を買うので、資本主義にとっては意味のある存在となる。

一方、自給自足はお金が回らないので資本主義にとっては「敵」になる。作物をつくっているのに、自分だけで消費していたら、世の中にお金が回らない。流通業も、小売業もまったく儲からない。資本主義からすれば、お金が世の中を回っていくのを邪魔しているだけの存在にしか見えないのだ。

そのため、資本主義下の農業は、自給自足をなるべく妨げるシステムになっている。コメをつくる農家はコメだけをできるだけ大量につくる。あるいは、野菜をつくる農家は特定の野菜だけをつくる。換金のためなら、単品種だけをつくるほうが、効率がいい。そしてそれを市場に売って、そのお金で生活必需品を買って生活する。そうすれば、きちんと経済が回るので、農家は資本主義の仲間となる。

資本主義にとって役に立つとは、まさに「お金を稼ぎ、他人にも稼がせることができるか否か」ということだ。

人間のいじめと動物のいじめはどこが同じで、どこが違う？

ところで『新潮45』を休刊に追い込んだ、自民党の衆議院議員の杉田水脈《すぎたみお》は「LGBTは生産性がない」という話をしているので、少しその件に寄り道していこう。

杉田は「生産性がない」を「子どもをつくる可能性がない」という文脈で使っているが、子どもはいずれ労働者になって資本主義を支えるわけだから、つまるところ、生産性がないとは金を稼ぐ能力がないと言いたいのかしら。杉田のズルいところはLGBTの中にも大金を稼いで資本主義に貢献している人もいれば、たくさん子どもをつくっても働かなければ資本主義的には役立たず、という場合もあるだろうことに言及しないことだ。あるいは安倍晋三は子どもがいないので杉田の言い分では「生産性」がないが、そういうのは批判しないことだ。

LGBTが嫌いなだけなのに、自分の意見を正当化するために屁理屈を並べているだけだ。要するに　ＬＧＢＴは生産性がないという論理は破綻しているのだ。

ともあれ、グローバルキャピタリズムに席巻されている現代社会では、「生産性がない」とは「金を稼げない」と同義なのだ。

「生産性がない」というレッテルを貼られた人は、会社では高い評価を受けない。「役に立たないから会社辞めちまえ」などと言われ、いじめられたら、ストレスはどんどん膨れ上がっていき、しまいには押しつぶされる。子どもでも、仲間に何かしらのメリットを与えられないとしたら、いじめられたり、無視されたりするようになる。資本主義というのは、本質的に、役に立たない人をいじめる構造になっている。

動物には資本主義はないけれども、知能が高いチンパンジーやイルカでは「いじめ」は割合よく見られる行動であることがわかっている。

たとえば、チンパンジーでは、人間から見て、いじめっ子でイライラしている個体のほうが、礼儀正しく良心的な個体よりも社会的な地位が高くなることが知られている。ヒトはチンパンジーと分岐して７００万年くらいしか経っていないので、ヒトにも他人をいじめることで、社会的な地位を高くしたいという欲求があるのかもしれない。

　またチンパンジーでは若いオスが大人のメスをいじめるといった行動も知られているし、争いが少ないと言われているボノボでも、仲がいいボノボと仲が悪いボノボは決まっていて、順位の低いメスやオスは、順位の高いメスによくいじめられているようだ。ちなみにボノボは一般的にメスのほうが順位が高い。

　イルカは体重当たりの脳の大きさがヒトに次いで二番目で、ヒトの次に賢いと言われているが、ヒトと同じようにいじめやレイプや子殺しや近親相姦などをすることが知られている。イルカのいじめは結構執拗で、いじめを楽しんでいるように見える。同種の弱そうなイルカや小型の他種のイルカをいじめて、場合によっては殺してしまうこともあるという。

　最大のイルカであるシャチは、海で最強の肉食獣だが、満腹になると獲物を食べないで、おもちゃにしていじめて遊んでいるところを観察されている。

　たとえば、オタリアという南米の海に棲息するアシカの1種は、海岸でハーレムをつくって繁殖するが，子どものオタリアを狙ってシャチがやってくる。もちろん捕獲して食べるためだが、満腹になると捕まえたオタリアを食べないで、わざと逃がして、また捕まえて、いたぶって遊ぶことが知られている。いじめが楽しいのは人間だけではないのだ。

またイルカのオスが、交尾を拒否されたメスを集団で囲い込んで、レイプをすることも知られている。相手が嫌がることをして喜ぶのは人間だけではなさそうだ。

子殺しをすることもあるようだが、これは楽しみというよりも、自分の子どもをたくさん残すための行動だと考えられていて、ライオンやハヌマンラングール（オナガザルの1種）でもみられる。

子育てをしているメスはホルモンの関係から排卵しないので、オスが交尾をしても自分の子を残せない。乳飲み子を殺してしまえばメスはしばらくすると受胎可能になるので、自分の子どもをたくさんつくりたいオスは子殺しをするわけだ。これは自分の子孫を殖やすという生物学的な観点からは意味のある行動だ。

人間のオスは自分の子孫をたくさん残したいという理由で、他人の子どもを殺すことはないが、いじめが楽しい、あるいは集団の中で自分の地位を上げたいという理由でいじめをする点では、イルカやチンパンジーと選ぶところがない。

現代社会では、資本主義をサポートするさまざまな言説は、プラスに評価されているので、資本主義にとって役に立たない人をバッシングするのは、後ろめたさを感じないで他人をいじめる快感を満たすことができる恰好のアイテムだ。

他人をいじめるのは自分の信じる生き方こそ、最も意味のある生き方で、それに反する生き方は無意味な生き方だと思って、ばかにするからだ。

そんな中で、私のように「人生に意味なんかねえよ」という人はごく少数派である。私は別に何かのために生きているわけではないが、とりあえず金を稼がなきゃ生きていけないから、ある程度稼いで、あとは好きなことだけして生きていこうというスタンスだ。

そういう人は最近少しずつ増えてきた印象だが、サービス残業は絶対しないとか、滅私奉公なんでばかのすることだと思う人が大多数になると、資本主義と国家権力にとっては都合が悪いので、マスコミや義務教育を通して「利他主義はいいことだ」とのプロパガンダに余念がない（↓64ページ）。当の権力者たちは、利己主義のかたまりでろくに働かないで金を稼いでいるくせにね。

元おニャン子クラブのメンバーで参議院議員になった生稲晃子《いくいなあきこ》なんて、完全に自民党の採決要員でしかないでしょ。政治のことなんて何も知らないから、インタビューやアンケートにもまともに答えられない。まさに働かずに金をもらっている典型的な人物といえる。ところが、自民党の執行部にとっては、下手に自分の主張を持っていたり、反論するような知恵のある人よりも、何も考えずに黙って従う人のほうが、都合がいいのだから有権者をばかにした話だ。

事程左様に権力のトップに近づけば近づくほど、働かないで食っていけるのに、下っ端はろくすっぽお金をもらえないのに働かせられる。そして、それでも暮らしていけないとなると「自己責任」と言われる始末。それでも政権が引っくり返らないのは、世界の七不思議の1つだな。

生存のための労働から、労働のための生存への逆転

虫を採りにタイやベトナム、ラオスなどの東南アジアに行くと気づかされることがある。それは仕事をしないでゴロゴロしている大人の男の多さだ。市場で声を張り上げながら一生懸命働いている人の多くはお母さん。旦那《だんな》はそばでごろごろした

り、隣の店のオヤジと縁台将棋なんかをやっている光景が多い。

　そのへんの海や川で釣り糸を垂らせば魚は釣れるし、道路からちょっと茂みや林に入れば、野生のパパイヤやバナナがなっている。冬に凍え死ぬこともない。だから究極的にいえば、南の人は一所懸命働かなくたって生きていけるので、そういう文化が根づいたのかもしれない。

　かつて日本が経済大国で、東南アジアに活発に進出していた頃、現地に赴任した駐在員から聞いたことがある。日本人は一所懸命働くのに現地の人はなまけてばかり。もっと真剣に働けと言っても、「一所懸命働いて、金を稼いでどうするんだ？」と聞く。「金を稼げば、休日になったら海辺に安楽椅子を出して、ビールでも飲みながらゆったり休んで楽しいだろう」と答えると「オレたちは毎日そうしている」と言われたそうだ。

　私は沖縄に長期間滞在したことがあるのだが、近所に生活に必要な荷物を背負ってうろちょろしているオヤジがいた。たまに釣りをしていると思ったら、ほぼ日がな一日ベンチで寝っ転がっていたりする。近くの幼稚園の先生や園児も、その人を気にすることなく近くで遊んでいるし、オヤジも迷惑そうにしている様子がない。

不思議な人物だなと思って、妻に「あの人は何をやっている人なんだろう?」と聞いたら、「ホームレスでしょ」と答えた。沖縄の人はホームレスに対する偏見がないのだと妙に感心した。沖縄はあったかくて凍死することがないし、魚もとれれば、半野生のバナナもあるから餓死することもなく職がなくとも悲壮感を感じないのだろう。

南国に住んでいる人はおおらかで陽気なイメージがあるが、生きるために必死に労働をせずとも暮らしていける余裕がかれらの気質に影響していることは間違いない。

反対に北国の人は、食糧を蓄え、越冬するための準備も欠かさずしなければ生きていけないから、労働が重要視される。資本主義が北方の国から起こったのは故ないことではない。

私は学生の頃、福島の山奥にある檜枝岐《ひのえまた》というところによく虫採り行っていたが、この頃この地域は12月の終わりくらいから翌年の2月の終わりまで、道が雪で埋もれて完全に孤立する。急病人が出たら自衛隊がヘリコプターを出して会津若松あたりの病院に運んでいたようなところだ。その間の2カ月間は自給自足しなければいけないから、冬になる前に一生懸命に薪《まき》を集めたり、漬物や魚の燻製《くんせい》や佃煮《つくだに》、粕漬《かすづ》けをつくったり保存食を用意する。

もともとは、労働は生存のために必要に迫られた営為だったのだ。資本主義が発展していくにしたがって、労働が生存に必要以上に重視され、いつの間にか労働のための生存という逆転が起こるようになる。

役立たずと言われても気にするな

それでは、自給自足をたった1人でやるのではなくて、数十人のコミュニティをつくってやってみたら、どうなるだろうか。つまり、私がコメをつくるとして、他の誰かが畑を耕して野菜をつくる。またある人はニワトリを飼って卵をつくり、別のある人は魚を養殖する。それぞれがつくったモノをコミュニティの中で物々交換すれば、コミュニティの全員が食うに困ることはないだろう。

しかし、生活に必要なのは食物だけではないので、貨幣経済からまったく離脱して生きるわけにはいかない。半分は資本主義に足を突っ込んで、資本主義を利用しながら、いざというときは資本主義に頼らなくとも、しばらく食いつなげるというスタンスで生きれば、儲けを最大化するのが社会にとって最も役に立つ生き方だという幻想から逃れることができる。

つまり、私が言いたいのは、役に立たなくてもいいということだ。役に立つ、役に立たないという考え方そのものが、資本主義に組み込まれている人の発想にすぎず、その考え方にこだわる必要は必ずしもないということ。金が儲からなくても楽しく生きられるのであれば、資本主義の「役に立つ」「役に立たない」という基準でできあがっているシステムから多少は自由になれる。

そもそも、働くということは「好きじゃないけど、お金を稼がなければならないから、仕方なくやること」ではないかと私は考える。現代は働かないと食えないから、都会に出てきた人は仕方なく働いている。ところが、将来、上述したような小さなコミュニティが続々と生まれるようになれば、資本主義に首まで浸からなくとも生きていけるようになる。資本主義と付かず離れずに付き合っていけば、無理にがんばらなくても生きていけるので、自殺する人も大幅に減少するはずだ。

もちろん、半自給自足生活ができる人はあまりおらず、ほとんどの人は現在の資本主義的社会システムにディペンドして生きざるを得ないわけだが、金儲け第一主義を多少冷めた目で見ながら、生きたほうがいい。

資本主義がつくり出した「役に立つ」のは善、「役に立たない」のは悪という基準をマジで信じていることが問題であり、別にその基準を満たした人生を生きる必要がないことに気がつけば、人生はずっと楽になるはずだ。

役に立つか役に立たないかという基準は、これから社会がどんどん変わっていけば、いつしか過去のものになるかもしれない。私たちは、役に立とうが、立つまいが、存在している。存在しているものは、存在しているのだから、資本主義の基準に一生懸命合わせようとせず、それぞれが今一番楽しいと思えることをやるほうが何倍も人生が豊かになるだろう。

AIの進化は資本主義をどのように変えるのか？

資本主義が永続していくのなら、私たちはいつまでも資本主義にとっての「役に立つ」「役に立たない」という基準を押しつけられながら、生きていかざるを得ないのだろうか。

そう聞くと、暗澹《あんたん》たる気持ちになる人も少なくないかもしれない。こんなストレスがこの先もずっと続くのか、と。

しかし、私の考えでは、現行の資本主義はこのままの形では続いていかないのではないかと考えている。なぜなら、アーティフィシャル・インテリジェンス、いわゆる人工知能（ＡＩ）の技術が、資本主義に変革を迫るだろうからだ。

現時点で人間はすでに将棋や囲碁の世界ではＡＩに勝てなくなっているが、さらにＡＩの技術が進歩して、私たちの生活の隅々にまで浸透すると、どういう変化が起きるだろうか。

最も身近な例でいえば、お掃除ロボットがある。「ルンバ」や「ルーロ」という商品名で、すでに何年も前から普及しているが、お掃除ロボットがさらに進歩していくと、豪邸だろうが長屋だろうが、人間が掃除をする必要がいずれなくなるだろう。すると、掃除を生業《なりわい》にしていた人々は全員、失業することになる。そして、この現象は掃除の世界だけでなく、私たちの生活のあらゆる分野でいずれ起きる。

ＡＩやロボットによって将来的になくなる職業ランキングというものも、いろんな雑誌が発表している。特に一般事務員、小売店舗の店員、建設作業員、タクシードライバー、電車運転士などの仕事は、そう遠くない将来になくなってしまうのではないかと考えられている。

車も自動運転が当たり前になれば、運転免許証自体が要らなくなる。ということは、運転手の仕事と自動車運転教習場が不要になるので、大量の失業者が出る。自動運転の車は交通ルールを厳密に守るので、交通関係の警察官も不要になる。タクシー運転手が不要になった未来では、おそらく街中に誰もがお金さえ払えば利用できる自動運転のタクシーが置いてあるか、無人で巡回しているクルマにスマホか何かでアクセスして後部座席に乗り込み、行き先を入力すれば自動で送り届けてくれ、支払いもスマホで行うような世界になるかもしれない。

そうなれば、タクシーどころではなく自家用車すら要らなくなるだろう。必要になったときだけ、自動運転車を呼び出してドアトゥードアで行きたい場所に行くことができる。そんな時代が、もうすぐそこまで迫ってきている。

また、弁護士や医師といった高度な知識とスキルが求められる職業も、ＡＩに取って代わられる可能性がある。なぜなら、ＡＩは膨大な知識を正確に記憶し、それを高速で参照し、必要に応じて利用できるので、たとえばＡＩ搭載の手術ロボットならば正確無比な手術ができるようになるからだ。

医者の仕事というのは、患者の身体の状態を検査して、そのデータを見てどんな病気の可能性があって、どんな薬を処方するべきかを判断することだが、同じことをＡＩがやったほうがはるかに高速で正確にできるというのは、考えなくてもわかるほど明白だ。ＡＩなら瞬時にビッグデータにアクセスして、目の前にいる患者さんの状態を把握、分析することができる。どんな病気に罹患《りかん》しているのかを可能性が高い順にあっという間に割り出す。日本中、世界中から集められたビッグデータを参照しているから、精度の高い確定診断を下すことができる。

病理検査1つとっても、生検で取り出した組織の膨大な画像をＡＩに見せて、これはがん、これは良性と学習させれば、人間より早く正確に診断できるだろう。

かくして、ＡＩは人間よりも高速で正確に、患者にとって最も適切な処置を行うことができる。これまで人間の医師が診ていたときに頻発していた「誤診」「医療過誤」のリスクがかなり減ることになる。

もちろん手術の分野では、スーパードクターと呼ばれるような、いわゆる「神の手」を持つような外科医の技術に、今すぐＡＩロボットが迫ることはできないが、ＡＩロボットが卓越した技術を持つ外科医を凌駕するのは、時間の問題だ。いずれは、ＡＩロボットが人間の技術のほとんどすべてを抜き去る。

ちなみに、弁護士、検察官、裁判官も同様に、ＡＩが浸透していくことで「えん罪」をかなり減らすことができるかもしれない。高度な知識とスキルが必要な職業だからといって、うかうかと安心してはいられないということだ。

また現在、世界的なビジネスの現場で最大の関心を集めているのが、汎用ＡＩの開発だと言われている。汎用ＡＩとは、１つのＡＩで何でもできるＡＩのこと。たとえば、先ほどのルンバは掃除しかできないスペシャリストのＡＩだが、１つのＡＩで掃除も洗濯も炊事もできてしまうようなＡＩだ。これを開発して売り出すことができれば、その企業は世界のビジネスの覇権を握ることができると考えられている。

ただし、ＡＩが得意とするのは、過去に蓄積された膨大なデータ処理と、それに基づく行為決定だ。ルールが変わらない状況では人間はＡＩにはかなわない。しかし、未来の状況が流動的でルールそのものが変わってしまい、過去のデータが役に立たない場面ではＡＩは未来を予測することは難しい。ＡＩには20年後の気温を予測することはまずできないのだ。数十年後の気温を予測すると称してなされたコンピュータシミュレーションがほぼ外れたのはむべなるかな、なのだ。

自動運転車の話に戻ろう。たとえば、先ほど述べたような自動運転サービスが社会に普及したときに、企業はどのように儲けるかについて考えてみよう。自動運転車のサービスでは、運転手はいらないので、人件費は大幅に安くなる。ＡＩにかかるコストなど、初めのうちは開発費が高いかもしれないが、いずれは償却できるから、かかるコストといえば燃料費と車体整備費、ＡＩのメンテナンス費くらいだ。すると、現在のタクシー代やレンタカー代よりもはるかに安い料金で利用でき、企業側もコストが安いので大儲けできる。

これは、資本主義にとっては、願ったり叶ったりの状況だが、はたしてＡＩの普及は資本主義にとってメリットしかないのかというと、そうではない。

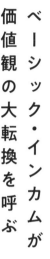

ベーシック・インカムが価値観の大転換を呼ぶ

ＡＩが人間の労働を代わりにやっていくようになると、当然ながら、失業者が増える。働くことができないということは、言い換えれば「賃金をもらう人がどんどん減っていく」ことを意味する。賃金をもらう人が減れば、そのお金を使う人も減るから、結果的に企業が製品やサービスの対価として受け取るお金、つまり企業の「売上」が減る。企業が、どんなに素晴らしいサービスを提供していても、働いて賃金を得ている人がいなくなってしまえば、誰がそのサービスにお金を払うのか？

つまり、働く人がいなくなれば、結果的に「資本主義が潰れてしまう」ことになる。資本主義が、その原理を究極的に推し進めて、ＡＩ化・ロボット化によって効率化をはかって行けば行くほど、労働者がいなくなり、お金を使う人がいなくなるので、結果的に資本主義は自らの首を絞めてしまうことになる。

では、今後必ず私たちを待ち受けているＡＩ化・ロボット化の波と、それによる資本主義の崩壊を、いかに回避すればいいのか。

その方法こそが、皆さんも一度は聞いたことがあるであろう「ベーシック・インカム」だ。ベーシック・インカムとは、「基本所得制」「最低限所得保障」などと呼ばれる制度で、政府がすべての国民に対して、生活に必要な最低限のお金を口座に支給するというもの。要するに、働いていようがいまいが、政府がすべての人に定期的にお金を配って、使わせてくれる。

何もしていないのに政府がお金をくれるなんて、そんな美味い話あるのかな？と疑問に思う方もいるだろうが、ここまでの話を振り返っていただければ、政府のほうにもベーシック・インカムを実現する動機があるということがわかるだろう。

ベーシック・インカムを導入して働いていなくてもお金を支給し、それを人々に使ってもらえば、お金は回るし、経済は従来通り正常に機能し、資本主義も一応延命できることになる。

ベーシック・インカムの話をすると決まって出てくる質問は、財源をどうするのかということだろう。そこでＭＭＴ（現代貨幣理論）の登場となる。ＭＭＴの基本的な考えの１つは、税金は財源ではないということだ。通貨発行権のある国はお金をつくり出すことができる。政府の支出は租税収入によって賄われているのではなく、勝手に通貨を発行することで賄われるので、財源に税収を増やしたりや国債を発行したりする必要はない。心配すべきはインフレ率で、インフレ率が高ければ、出回っている貨幣が多すぎるので、通貨の発行を多少抑制する必要があるが、生産力が上昇すれば、お金が必要なので、政府がお金をつくればいいというだけのことである。そして政府がつくったお金でベーシック・インカムを行えばいいのである。

ただし、ベーシック・インカムを運用するには、いくつか注意点がある。それはまず、もらったベーシック・インカムは溜めてはいけないということ。政府が国民に支給した分がほとんど貯蓄に回ってしまったら、配る意味がまったくないから、もらったらもらった分だけ、国民はそれを一定期間のうちに使って、あとは好きなことをして暮らすという生活をしなければならない。

このようなベーシック・インカムが導入される時代が訪れれば、必然的に私たちの労働観・人生観には劇的な変化が起きる。何よりも重大な変化は、「労働は美徳」だとか「働かざる者食うべからず」とかいった偽りの言説から自由になり、金を稼ぐ労働も遊びも好きにすればよいということになるのだ。人間は「何のために生きているんだろう?」とか、「人生の意味とは?」とか、あるいは「私は役に立つのか、立たないのか?」などと考える必要がなくなるということだ。

ベーシック・インカム時代の人々は、「すべての人はお金を使って経済を回すために生きている」ことになる。労働力として役に立つか、立たないかなどは関係がなくなり、むしろお金を使って生きているだけで「役に立っている」わけだから、そんなことで悩む必要はまったくなくなる。

つまり、私が何を言いたいかというと、現代の人間が、いろいろとストレスを受けたり、生きにくさを感じたり、自殺したくなったり、自分の存在意義に疑問を感じたりしている、その根幹であるブルシット・ジョブを強いるような現行の資本主義というものは、実は皆さんが考えている以上に、脆《もろ》い存在だということだ。パラダイムが一変したとたん、私は何の役に立っているのだろうといった深刻な悩みも簡単に霧散する。そのときになって現代を振り返ると、なぜそんなことで死ぬほど苦しんでいたのだろうかと不思議に思うことだろう。

とはいっても、ベーシック・インカムが導入される時代なんて、ずっと先なのではないかと思う人もいるだろう。確かに私が生きている間には実現しないだろうが、これを読んでいる若い人が生きている時代、遅くとも今の私くらいの年齢になった頃には、ほぼ確実にベーシック・インカムの時代が到来しているはずだ。

働かないで生きることが普通の時代が来れば、あとは自分で好きなことをしていればいい。それは、なかなか素敵な未来だ。

もちろん、その時代が到来するためには、国民と為政者がＭＭＴとベーシック・インカムの原理を理解する必要があるが、ＡＩの進歩は確実に人々の道徳観や倫理観を変えるだろう。倫理や道徳は技術を変えることができないが、技術は倫理や道徳を変えることができるのである。

第3章

本当はたくさんある意味不明な生物の形質

生物界は意味のないものも多い
——人間の耳毛・髪の毛・禿げ・陰毛……

さて、ここまで人間が生きていくうえで意味など必要ないし、むしろ過度に意味を求めるからこそ、私たち人間は生きづらさを感じ、なかには自殺をしてしまう人も出てくるということを伝えてきた。

つまり、意味を求める行為というのは、一種の病なのだというスタンスだ。

しかし、「自然界に存在する生物の構造には生きるための何らかの意味があるのではないか」と思っている人も多いと思う。「万物の造物主は、意味のない構造などつくらない、それゆえ生物の体にそなわっているいろいろな構造や形には、必ず意味があるはずだ」と無根拠に信じている人は驚くほど多い。

たとえば、人間の手と足の構造を見ると、「なるほど、人間という生き物の構造は機能的によくできている」と思うが、私たちの身体には、当然意味のなさそうな部分もたくさんある。

自然界の生物の形には、すべて何らかの意味があるという考え方それ自体が、私に言わせれば、幻想にすぎないのだ。

たとえば、男の人はある程度年をとると耳の入り口のところに毛がごちょごちょと生えてくる。この毛に何か意味があるのだろうか？

鼻毛が存在する意味はわかる。ほこりや病原体の侵入を防いだり、乾燥を防ぐ役割がある。でも、耳の入り口に生えている毛はどう考えても何の意味もない毛だ。この毛は若いときには産毛《うぶげ》だったのが、年を取ってから剛毛になる意味もわからない。

耳の入り口の毛は気にしていない人が多いようだが、髪の毛は気になるようで、髪の毛には何の意味があるのかと聞くと、たいていの人は外部からの衝撃を吸収するためとか、太陽光からの紫外線を防ぐのに役に立つのだなどと答えるわけだが、あまり説得力があるとは思えない。

髪の毛が生えていたって、頭にケガをして出血する人は大勢いる。むしろ、髪の毛があるせいでケガの処置がしづらくなるぐらいだ。それに人間はいつも暑い日射しの中を歩いているわけではないから、紫外線予防も説明としては物足りない。

それならば、なぜ「禿《は》げ」ている人がいるのだろう？　もし、髪の毛があるということに、適応的な意味があるのならば、つまり髪の毛があるということが繁殖確率を上げるのなら、禿げている人はとっくの昔に淘汰《とうた》されているはずなのだ。

ところが、禿げている人はいなくならない。すると今度は、禿げていることにも意味があるのではないかと考える人が出てくる。

たとえば、禿げていることと男性ホルモンとの間には関係があるから、禿げていることは「性的な魅力がある＝セックスアピールがある」と主張する人がいる。禿げている人は女性に性的な魅力を感じさせるため、禿げている人はモテて子孫をたくさん残す。だから、その子どもたちにも禿げの遺伝子が伝わっていき、結果的に禿げる遺伝子が残る、という考え方だ。

これは、ダーウィンが唱えた「性選択」という考え方だ。しかし、この禿げに性的魅力があるからという説は、本当だろうか。禿げは嫌だという女性も世の中にはかなり多いはずなので眉唾《まゆつば》ものだろう。そもそも、ダーウィンの性選択という考え方自体が、私に言わせれば意味のないものに、無理やりに意味を見いだすためのこじつけに見える。

それから、体毛と言えば陰毛が存在する意味もよくわからない。あそこになぜあのような縮れた毛が生えているのか、意味を説明できる人はいるだろうか。中には陰部が大事だから保護しているのだという人がいるが、それではなぜ欧米人は陰毛を剃《そ》ったり、脱毛したりしている人が大勢いるのか。必要なものなら、そんなことはするべきではないでしょうに。そもそもあの程度の毛では陰部は守れないだろうし、毛じらみの温床になるほうが嫌だ。

いずれにしても、人間の身体の構造を子細に観察すれば、実は意味があまりあるとは思えないものがそこかしこに散見されるのだ。

人間から体毛がなくなった理由とは？

人間の身体には産毛が生えているが、基本的には、他の動物に比べればほとんど生えていない無毛の状態に近い。

体毛が比較的濃い人であっても、動物ほどの剛毛がびっしり生えている人はいないし、濃いといっても、役に立つほどの体毛ではない。役に立つほどの体毛とは、恒温動物の身体を覆う毛皮のような機能だ。冬の寒さ対策になるし、水に濡れたとしてもブルブルっと身体を震わせれば、水気を切ることができ、かつ体毛の中にはいっぱい空気が入って保温効果が出る。しかし人間の体毛はどんなに濃くても、動物レベルで役立つ濃さはなく、寒さをしのげるわけでも、ケガをしにくいとか衝撃を吸収しやすいということもない。

にもかかわらず、人類は、長い氷河期を生き延びて、現在に至ったが、なぜ体毛がなくなってしまったのか。寒いところで体毛がないというのは、かなり「非適応的」な形質のはずだ。

これを多くの学者は、「裸にも何か適応的な意味がある」と理屈をつけようとするが、私には大いに疑問がある。むしろ、「人間は、裸であったにもかかわらず生き延びた」のではないか。

私は「人間の脳が大きくなった」ことと関係しているのではないかと考えている。毛が生えるということは、私たちの外胚葉《がいはいよう》の発生と関係している。私たちが、母親のお腹の中で形成されるときには、3つの胚葉が生まれる。神経細胞や脳、皮膚を形成する外胚葉、生殖器や筋肉、骨などを形成する中胚葉、そして内臓を形成する内胚葉だ。

このうち、神経細胞や脳を形成する外胚葉からは皮膚も形成されるので、私たちの脳を大きくする遺伝子と、皮膚の形質を変化させて「身体から毛をなくす」遺伝子とが、実は密接にリンクしている可能性がある。私たち人類の脳が大きくなって、言葉を話すようになった副産物として、毛がなくなったという可能性があるのだ。

人類の体毛がなくなったことには適応的な意味があったわけではなく、脳が大きくなって言語を獲得する過程で、やむにやまれず失われてしまったということだ。つまり、脳が小さく言葉は喋れないが、身体が体毛に覆われているか、それとも脳が大きくなり言葉を喋れるものの、身体は体毛で覆われないという選択肢はあっても、脳が大きく体毛もあるという選択肢はなかったのではないかということだ。

普通の動物であれば、毛皮がなければ、氷河期を生き延びられないが、人間は脳が大きくなって道具を使えるようになり、他の動物の毛皮を剥《は》いで、自身の身にまとうことで寒さをしのいで生き延びたのだ。人間の裸化はそこだけみれば非適応的な形質だが、それでも人類は絶滅しなかったのだ。脳が大きくなったのはプラス、裸化はマイナスだけれども、このトレードオフは差し引き人類の生存にとってプラスに作用したのだ。

これにはもともと目的とか意味があったわけではなく、結果的に人類は生き延びたので、現在も生存しているにすぎない。

トレードオフのもう1つの例は、人間ののどの構造が変化して大声で喋れるようになったかわりに、人間はモチがのどにつっかえて死ぬようになったことだ。人間は咽頭《いんとう》の位置が低くて、鼻からのどを通り気管に行く空気の通り道と口からのどを通って食道に行く食物の通り道が直交しているので、この交差点をふさいでしまうと息ができなくなる。

咽頭の位置がチンパンジーのように高いと気道と食物の通り道は立体交差をするので、たとえモチがのどにつかえても、気道は確保されて窒息はしないのだ。

しかし、咽頭の位置が低いのもいいことがあって、そのおかげで人間は声帯を震わせて口腔《こうこう》や鼻腔《びこう》で共鳴させて、大きな声を出せるようになった。モチがのどにつかえるのと大声を出せるのはトレードオフで、この構造変化は人間の社会生活を大きく変えたのだ。

どんな形質でも生きるために何らかの役に立つというのは偏見で、役に立たない、あるいは非適応的な形質を持っているのにもかかわらず、生き延びることはできるのだ。

「手が器用になったから脳が発達した」論の信憑性は？

しかし、人間は意味を見つけることに喜びを感じる生き物だ。生物を観察して、生物の構造と機能を結びつけられると、「へえー、すごいなぁ、生物はよくできているなぁ」と感心して、そこでたいてい話が終わってしまう。生物の構造にも意味がないものがあるかもしれないという発想にまで至らない。多くの人は無意味な存在に興味がないのかもしれない。

人間が生物の形態や生態に関する話題を本にしたり、記事にしたり、ニュースにしたりする場合、それらのほとんどは生物界にある「意味を感じられるもの」に限定されていて、意味がわからないものについては、ただ「変なものがある」という言及にとどまり、生物学者もそれ以上は追究しないので、ほとんどが放置されている。

とはいえ、確かに私たちの身体の中の器官について言えば、見事に意味を見いだせるものが多いのも事実だ。

たとえば、人間の手と足を比べてみると、手には指が5本あるが、人間の親指は動物とは違って他の4本の指と「対面」している。これを拇指対向性《ぼしたいこうせい》と呼ぶ。つまり、親指が他の指と向き合っている。そのため、親指と人差し指、親指と中指、親指と薬指、親指と小指をお互いに合わせて、それによって何かをつまんだり、固定したりすることができる。

この親指と他の指とが向き合っている構造こそが、人間がいろいろなものを手に掴んで、扱えるようになった原因であり、手先が器用になり、ひいては文明が生まれていった原因と考えられている。

人間の手が器用になったことで、細かい動きをコントロールする脳が発達したという人もいるが、これは悪しき機能主義の典型で、機能が構造に先行することは基本的にはない。

たとえばヒトの脳は平均1350mlでチンパンジーの400mlに比べて3倍以

上大きいが、これはチンパンジーにあってヒトにはない非コードDNA配列（タンパク質をつくる情報を持っていないDNA配列）が関係しているようだ。このDNA配列はGADD45Gという腫瘍の抑制に関与する遺伝子をサポートしているようで、この非コードDNA配列を持っているチンパンジーは乳がんになりにくいことがわかっている。

ヒトはこのDNA配列を失って、がんになりやすくなったと考えられる。ちなみに全死亡に占めるがん死の割合はチンパンジーでは2％、ヒトでは30％である。ところで、GADD45Gは脳の成長を促す働きも有しているようで、ヒトはがんのリスクと引き換えに脳が巨大化したようなのだ。脳が大きくなれば、さまざまな機能が随伴してくるので、脳の構造は機能に先行したのである。

手の話に戻るとして、人間に最も近い霊長類の手も、親指が人間と同じように他の4つの指と対面している。

知っている人も多いだろうが、チンパンジーと人間は約700万年前に共通祖先から分岐した。分岐後、500万年間は、チンパンジーもヒトも、脳の容量は約400ccで変わらなかったが、ヒトは分岐後すぐに二足歩行となった。一方、チンパンジーは、二足歩行には至らずに、いわゆる前の手をこぶしの形にして歩く「ナックルウォーク」を続けた。

このチンパンジーの足をよく見ると、チンパンジーの足は親指が他の4本の指と離れていて、拇指対向性を有し、親指と4本の指の間でものを掴むことができる構造になっている。つまり人間の手とチンパンジーの足はよく似ているのだ。ここで、私はチンパンジーの「足」と書いたが、本当は、チンパンジーは手が4本ある状態で、その手で歩いているといったほうが正確だ。

人間は前足を手に進化させて二足歩行を始めたと思っている人もいるかと思うが、実はそうではなく、霊長類の手足の基本構造、すなわちすべての手足が拇指対向性を持っていることから考えると、人類は「4本あった手のうちの、後ろの手を足にした」というのが真相なのだ。

ヒトの足は歩くためにあるというのは、機能を発見した後の話で、ヒトの足は拇指対向性を消失したので、歩く以外の役割がなくなってしまったのだ。

意味づけしなければ気のすまない病

——ハンディキャップ理論

人類以外にも、なぜ、こんな奇妙な形質を持っているのだろう？　と首をかしげたくなるような生き物はたくさんいる。

たとえば、今から200万年前ぐらいから7700年前まで地球上に生きていたギガンテウスオオツノジカという鹿がいる。名前の通り、生きていくのに不便なのではないかと思うくらい巨大な角を持った鹿で、角に栄養を取られてカルシウム不足になり、絶滅したという説もあるくらいだ。

また、クジャクのオスは、大きな飾り羽を持ち、扇のように広げて自慢げにアピールすることで知られている。あの飾り羽は、メスのクジャクに対してアピールするためにあると考えられていたが、最近の研究によると、クジャクのメスは、羽がものすごく立派なオスよりも、声のいいオスを選んでいることがわかった。

ダーウィンの性選択理論によれば、クジャクの羽が大きいのは、メスにとってとても魅力的だったから、それでオスの羽が大きくなっていったと考えられてきていたわけだが、その説が覆ってしまった。

ザハヴィというイスラエルの生物学者は、こうした一見、奇妙な形質を持った動物たちの特徴は、ハンディキャップ理論によって説明できると提唱した。ハンディキャップ理論とは、こういったものすごく大きな角とか、ものすごく大きな飾り羽といったものの本当の意味は「ハンディキャップ」であるという考えだ。

どういうことかというと、オオツノジカやクジャクは、「私はこんなに大きくて、重いものを持っているのに、たくましく生きています。つまり、私は優れたオスなのです」と、自らが優れた形質を持ったオスなのだということを逆説的にアピールしているという。

これを、人間に言い換えれば、重い荷物をかついだ状態で100メートルを走った人が、まったく何もかつがずに100メートル走った人と同時にゴールに到着することを指して「私はあの男よりも優れている！」と主張するのと似ている。

このハンディキャップ理論にどれほどの説得力を感じるだろうか？

この理論に疑問を持ったある人が、ザハヴィ本人に次のように尋ねた。

ざんねんなギガンテウスオオツノジカの特徴とハンディキャップ理論

ギガンテウスオオツノジカのオスのイメージ

大きな角に栄養を取られすぎて、カルシウム不足によって絶滅したらしい。

なぜ、生存に非適応的な大きな角を？

アモツ・ザハヴィ

「こんなにハンデがあるのに、たくましく生きているオレはすごいぞ」とメスに誇示するためだ。
(ハンディキャップ理論)

本当か？

「あなたのハンディキャップ理論が本当に正しいなら、地球上の動物たちは、どんどん不具者になっていくのではありませんか?」

その質問にザハヴィは苦し紛れにこう答えたという。

「私の国の最も素晴らしい将軍は片眼です」(イスラエルにはダヤンという隻眼《せきがん》の将軍がいた)

どう考えても適応的とはいい難い形質の意味を説明するのに、一部の進化論者は性選択とかハンディキャップ理論とかのアドホックな説明を持ち出すが、なんであれ、意味をつけなければ気がすまない病気だと思う。

非適応的な形質を持っていても、意味のない形質を持っていても生物は生き続けられるのである。

ダーウィンの進化論の「本当らしさ」と疑問

形質に意味があるのかどうかということを考えるとき、私が真っ先に思い出すのがクワガタの顎《あご》の話だ。

私は昆虫が好きで、クワガタムシを収集している。クワガタムシには、2本の角があると思っている人が多いが、あれは角ではなく大顎だ。英語ではマンディブルと言う。大顎が前の方にずるっと伸びて、長くなっている。

和名だとホソアカクワガタ属、学名だとキクロマトス属のクワガタがいる。この属のクワガタは主に東南アジアに60種以上が分布する大属で、中には大型の個体の身体と大顎の長さがほぼ同じ、あるいは大顎のほうが胴体よりも少し長いという種が存在している。

その中でもとりわけ大きくて目立つのがスラウェシ島及びその周辺の島々に生息するメタリフェルホソアカクワガタとニューギニア島に生息するインペラトールホソアカクワガタだ。私はこの2種の大型のクワガタが生きて歩いているところを見たことがないが、大顎が前に垂れてしまって歩くのがかなり困難だと想像できる。この大顎をハンディキャップ理論で説明できないことはないかもしれないが、それにしても顎が大きすぎる。

クワガタムシの累代飼育（何世代にも渡って飼育すること）の名人である小島啓史はホ

大きすぎる顎は邪魔では……？

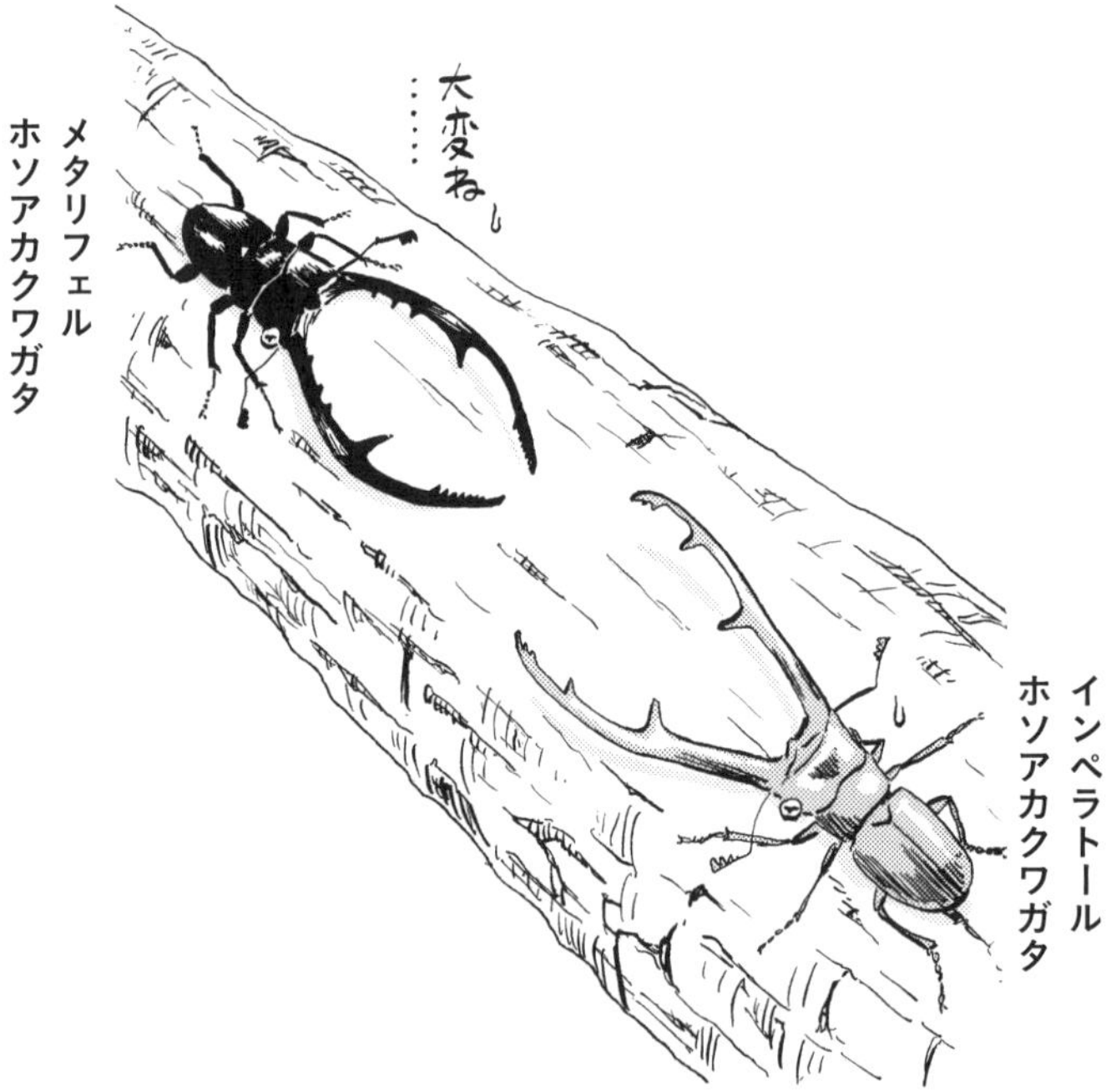

いったい、どんな適応的な意味があるのだろうか？

ソアカクワガタ属とは別属のツヤクワガタ属では、遺伝子ではなく前蛹《ぜんよう》（幼虫が蛹《さなぎ》になる直前の状態）のときの温度が大顎の長さを決定することを突き止めた。ツヤクワガタ属はホソアカクワガタ属と異なり、オスの大顎は体の大きさとパラレルに大きくならず、長歯型、中歯型、短歯型と名付けられた多型になる。小島によればオニツヤクワガタの飼育実験の結果、前蛹の時期の温度が23℃～25℃では短歯型、20℃～25℃では中歯型、16℃～20℃では長歯型になるという。

1つがいの親から前蛹時の飼育温度を変えることにより、すべてのタイプを作出できたというから、これは完全にエピジェネティックな（後天的な）現象である。しかし、何か適応的な意味があるのだろうか。どうもそうとは思われないな。

先に述べた体より大きい大顎を持つクワガタにしろ、オニツヤクワガタの多型にしろ、適応的な意味を持たない形態も多いのではないかと思う。

世の中の人々の多くは、ダーウィンの進化論とメンデルの遺伝学説が合体したネオダーウィニズムを正しいと信じている。これは、自然選択と突然変異によって生物の形質が適応的に徐々に変化していくという理論だ。

たとえば、ある場所で、ある生物に突然変異が起きて、それまでとは違った形質を持つ個体が生まれたとする。その突然変異個体が、その環境により適応しているのなら、他の個体よりも繁殖力が少し高くなって、子孫を多めに残すことができるようになる。それが繰り返されることによって、より環境に適応した突然変異個体の比率がだんだんと高くなり、最終的にその形質が支配的になるというのがネオダーウィニズムの「進化」のプロセスだ。

これには確かに本当らしいなと思える説得力がある。なぜなら、実際に寒い地域に生息している生物は寒さに適応している形質を持っているし、暑い地域に生息している生物は暑さに適応している形質を持っているからだ。

クマの大きさがまさに代表的な例だ。クマは、北に行けば行くほどホッキョクグマのように体が大きくなる。逆に、南に行けば行くほど、マレーグマのように身体が小さくなる。日本だと本州にはツキノワグマがいるが、北海道にはより体格の大きなヒグマがいる。マレーグマは手足が長くて、体重に比較して、表面積が少し大きいという特徴があるが、逆にヒグマやホッキョクグマは、身体の体重に比較して、表面積が小さい。

前蛹時の飼育温度で顎の大きさが変わる
オニツヤクワガタ

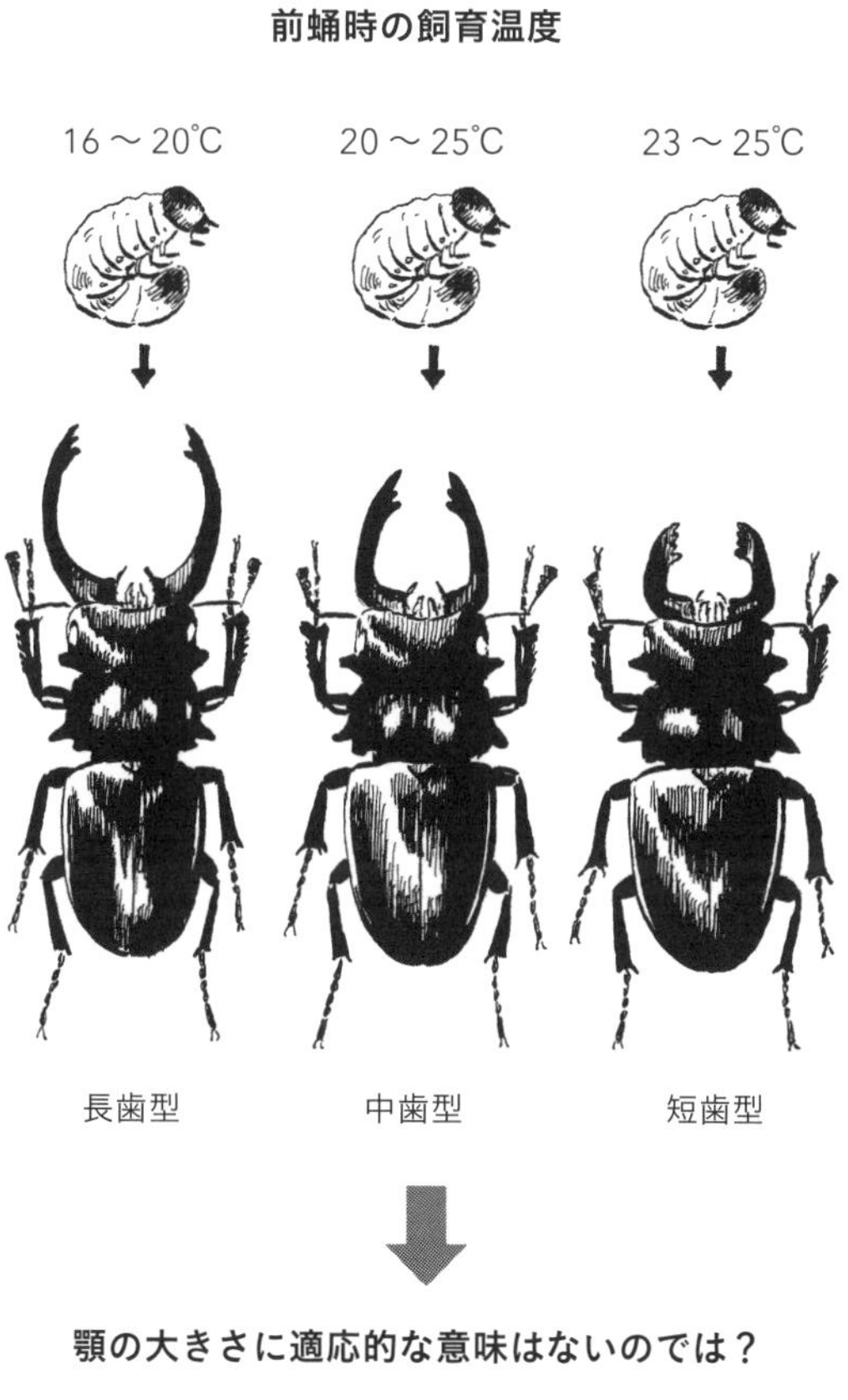

身体が大きくなると表面積に比べて体重が増えるため、熱が外に発散されにくくなり、保温機能が増すのだ。そのため、北に行けば行くほどクマの体格は大きくなっていく。これをベレクマンの法則という。

キツネは北に行けば行くほど、耳が短く、形も小さくなる。逆に南のキツネは、耳が長く、形が大きくなる。耳の表面積が大きくなればそこから熱を放熱できるため、暑い地方の南のキツネは耳が大きく、寒い地方の北のキツネは耳が小さくなるというわけだ。これはアレンの法則と呼ばれる。

こういったクマやキツネの例を見ると、どうもネオダーウィニズムは正しいように思えてくる。ある地域に生息していた動物が、同じ地域にとどまって、そこの環境の変化に対応して徐々に進化していく。だからこそ、クマは北に行けば行くほど身体が大きく、キツネは北に行けば行くほど耳が小さくなった、と。

しかし、私はそれでもこの進化論の考え方に対して「本当にそうだろうか？」と疑問を持っている。

キツネに見る「アレンの法則」とは？

キツネは耳の表面積が大きいほど熱を放出しやすい。
したがって、暑い地域にいるキツネの耳は大きく、寒い地域にいるキツネの耳は小さくなる。
これを「アレンの法則」という。

ホッキョクギツネ

北極地域に生息し、体毛が白い。耳が小さい。

フェネックギツネ

アフリカの砂漠に棲息している。耳が大きい。

「環境の変化に応じて進化した」と言えそうだが、本当だろうか？

ダーウィン流進化論への疑問
――クジラの能動的適応

なぜ私が上述したようなネオダーウィニズム的な進化論に懐疑的なのか、クジラの進化を例に説明しよう。

クジラは今から約5000万年前頃は、陸上動物で四つ足で陸地を歩いていたことが知られている。3種見つかっており、1つはパキケトゥスというクジラで5300万年前の始新世（新生代古第三紀）のちょうど始まりに当たる頃、インドとパキスタンに生息していた。もう2つはナラケトゥスとイクチオレステスで共にパキスタンから見つかった化石で、前者は5300万年前、後者は5000万年前のものだ。

始新世の中期から後期、だいたい4000万年前から3400万年前くらいになると、バシロサウルスというクジラが出現し、この頃にはすでに完全に足がないクジラになっていた。そして最近、ちょうどパキケトゥスとバシロサウルスの中間的

クジラの足がなくなった理由はどっち？

パキケトゥス（クジラの先祖）

一般的な解釈

↓

ダーウィン流進化論における受動的な適応システム

地球の水位が上がったので、その環境に適応するため。

筆者が考える可能性

↓

能動的進化

突然変異かシステム上の変異によって形が変わり、海棲の生物として進化した。

な4300万年前頃に生息していたと考えられるペレゴゼタスというクジラが南米で見つかり、どうも水陸両用で活動するクジラだったとわかった。カワウソとかビーバーのように、陸も歩ければ、水中も泳げるというクジラだ。

それではクジラという生物は、なぜ陸から海に棲息《せいそく》場所を変えたのか？　もともと陸地にいる間に海面の水位が徐々に上昇してきて、仕方なくカワウソのような水陸両棲の生き物に進化し、そのあとさらに水位が上がってきたので、完全に今のクジラのように手足がなくなって、大海原に泳ぎだしたのだろうか？　ダーウィン以来のオーソドックスな進化論が正しいならば、クジラはそのような受動的な適応プロセスを通って、現在のクジラになったはずだ。

しかし、なぜ水位が上がったときに、陸地にいたクジラは棲息する場所を変えずに、水に適応しようとしたのか？　棲息地を変えさえすれば、そのままの形質で繁殖できたはずだ。

クジラの進化についての私の考えはこうだ。

最初のクジラは、足があって陸地を歩いていた。ところが、あるときにクジラに何らかの突然変異か、システム上の変異が起きて形が変わってしまった。形が変わっ

飛ぶために翅が生えた？
それとも、翅があってたまたま飛べた？

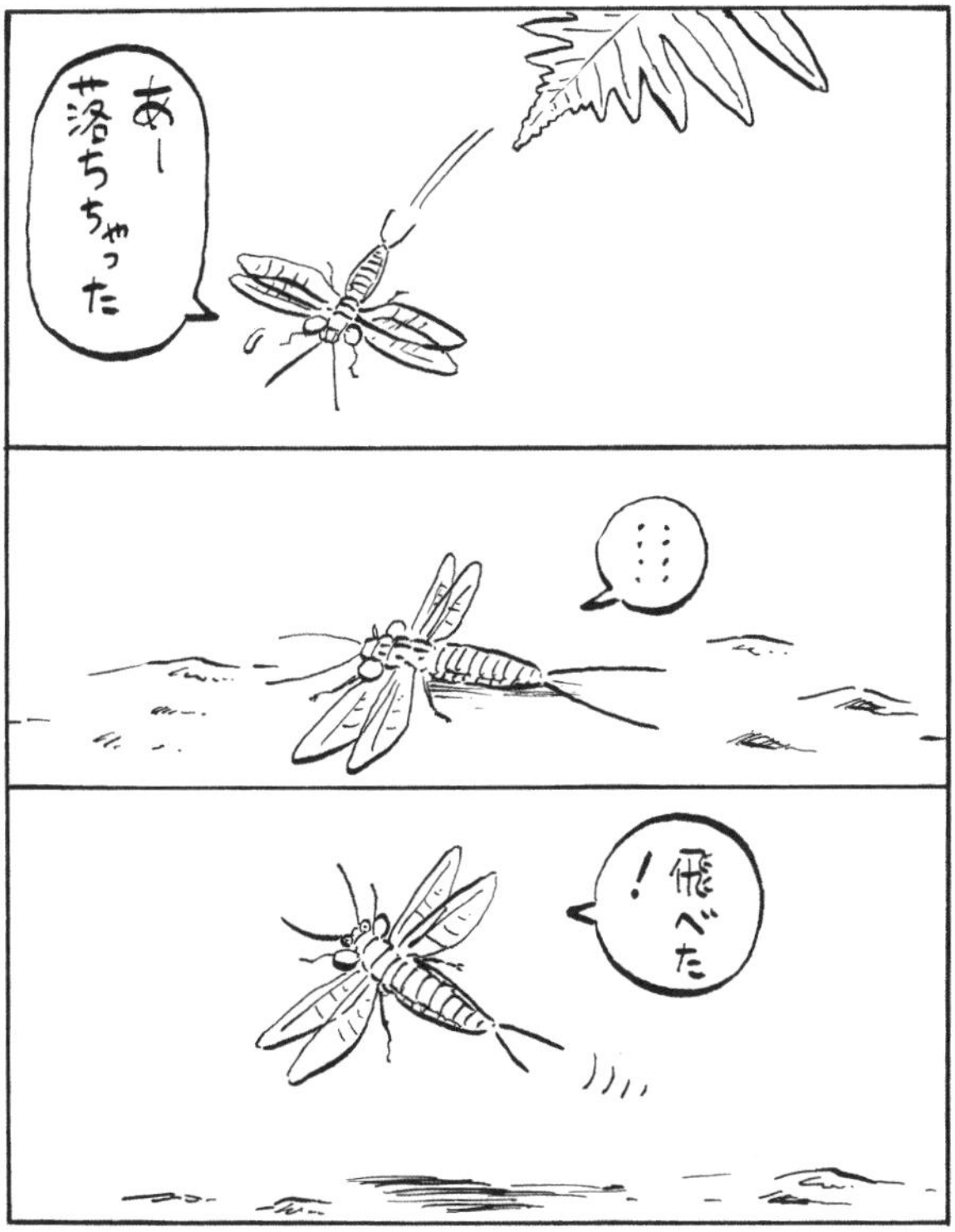

た変異種のクジラは、陸も水中も自由に移動することができたので、水陸両棲の生き物になった。しばらく経つと、脚がヒレへ変わってしまった。その結果、陸に上がるよりも海にいるほうが楽になったので、クジラは完全に海棲の生物へと進化した。

つまり、環境の変化が先にあったのではなく、クジラの形の変化が先にあり、その形に適応する場所に「能動的」に進出していったということだ。これを私は「能動的適応」と呼んでいる。

ダーウィン流の進化論では、環境の変化がまずあって、それに動物が適応するために形質が変わったと主張しているが、動物の形質の変異がまずあって、動物たちがその変異に合った環境を自ら求めて進出（移動）していったということも、ありえるのだ。

むしろそのほうが一般的であったのではないだろうか。最も古い有翅《ゆうし》昆虫の目《もく》の1つに古網翅目《こもうしもく》というのがあって、翅《はね》が3対ある。本来、昆虫は胸部が前胸、中胸、後胸と3つに分かれており、そこから肢《あし》が3対生えているので、翅が3対あっても不思議ではない。無翅《むし》の昆虫に形態形式システムの変更が起こり、3対の翅が出現したのだ。元来翅は飛ぶためにできたのではなく、勝手にできたのだ。さらにその後、翅が飛ぶために使えることを発見したのだ。その後で前胸の翅が失われる変異が現れて、翅が二対のほうが飛ぶために機能的だったので二対翅の昆虫が選択されて今日に至っているのだろう。

そして、後翅《こうし》が平均棍《へいきんこん》という退化器官に変化したものが双翅目《そうしもく》で現在の昆虫ではこれが一番飛ぶのが上手だ。

いずれにせよ、構造は機能に先行するのだ。

近年、羽毛恐竜がたくさん見つかって、鳥類は獣脚類という恐竜のグループの中で羽毛を持つ一群から進化したことが明らかになった。翅の起源は爬虫類《はちゅうるい》の鱗《うろこ》が変化したことに発するようだ。構造が出現すると生物はその後で、その機能を見つけることが多い（見つけない場合もあって、構造は必ずしも有意味な機能を持たないことも多い）。

幸か不幸か爬虫類の毛は機能を見いだし、防寒のため、あるいはディスプレイ（求愛行動）のために使われ、その後飛行という機能を獲得したと思われる。これは従来の考えでは前適応ということになるが、能動的適応の1つのバージョンだと考えてよいだろう。

自然界に存在する意味の代表「擬態」

生き物のあり方の中で、いかにも意味がありそうなものは何かと尋ねられたら、「擬態《ぎたい》」と答える人が一定数いることだろう。

一般的には、虫が枯れ葉のような姿になって、天敵から見つけられにくくすることを擬態という。「あれこそ、自分の生存確率を上げるための意味のある形質の変化ではないか」と多くの人が信じている。

しかし、擬態に本当に意味があるのか私は疑っている。

擬態には、一般に使われる広義な擬態と、別種の生物同士の特殊な関係を指す狭義の擬態がある。

広義の擬態は、擬態というより模倣と言ったほうがふさわしく、「あるもののさまに似せること」であり、狭義の擬態は「捕食の対象にされやすい生物が、毒や不快な味を持つ生物に似る現象」であり標識的擬態とも呼ばれる。

広義の擬態として一番わかりやすいのは隠蔽色《いんぺい》だ。自分の身体の色や模様を、背景色に似せて、背景に紛れるようにして天敵から隠れたり、あるいは捕食対象に気づかれにくくしたりする効果があると考えられている。ちなみに、隠蔽色の反対は警戒色といい、派手で毒々しい色合いを見せて「オレは毒があるぞ」とアピールしていると考えられる。

隠蔽色の代表例としては、ライオンやトラが挙げられる。ライオンは、サバンナの草の陰にしゃがんで隠れると、茶色い体毛がまわりの草と同化し、遠くからだと目立たなくなり、自分が捕食しようとする動物に見つかりにくくなると言われている。

トラの縞《しま》模様は、一見すると目立ちそうだが、トラはサバンナではなく竹藪《たけやぶ》や森林に生棲《せいせい》しているため、縞模様は意外と隠蔽色の役割を果たして、目立ちにくくなっている。

ライオンもトラも、ともにネコ科の肉食獣なので、自分の獲物を捕らえようとするときは、身を隠してゆっくりゆっくり獲物に近づき、十分届く距離まで近づいたら一気に襲いかかる習性を持っている。そのために、こういった隠蔽色が役に立っていると考えられている。

しかし、ライオンやトラは、隠蔽色でなければ、獲物を捕らえることができないのだろうか。実は、それを知るためには、隠蔽色ではないライオンやトラをつくり出して、同じ環境に解き放ったうえで、捕食効率にどれくらいの差が出るのかを検証してみればいいわけだが、そのような研究が行われたことはない。そのため、ライオンやトラの隠蔽色がどれくらい役に立っているか、生存にとってどれほど意味のあるものであるのかというのは、実はよくわかっていない。

時々、ホワイトタイガーと呼ばれる白化したトラが野外でも見つかるが、立派に生きているわけだから、茶色と黒の縞模様でなくとも生きるに困ることはなさそうだ。それにトラは基本的に夜行性なので、体色は捕食効率に関係があるとは思われないけどね。

人間は「不思議なこと」「知らないこと」「謎」に対して不安を覚えるので、そこに何らかの意味を見いだすことに喜びを感じる動物だ。自分にとって無意味なことは価値がないというドクサに多くの人は侵されているからだ。「隠蔽色だから捕食効率が良い」という意味づけも、人間が「わかった気」になるために、都合よく解釈したものにすぎないと思う。

実は検証はされていない隠蔽色の有用性

ライオンやトラと似たような例が、コノハチョウにもある。

コノハチョウは、羽の裏が枯れ葉そっくりの色をしており、枯れ葉がたくさんあるようなところに羽を閉じて止まっていれば、誰が見ても隠蔽色に違いないと思う。つまり、捕食者が枯れ葉と勘違いして、捕食を免れる機能を備えているように見える。

ところが、普段コノハチョウは羽を広げて止まっている。羽を広げると、ものすごく派手な色をしていて、むしろ目立つのだ。私は、沖縄が日本に返還される前によく沖縄に行ってコノハチョウをかなり捕ってきたが、枯れ葉のまねをして止まっているコノハチョウをほとんど見たことがない。たいていは、青い葉っぱの上に、派手な色合いの羽を広げて止まっているので、捕るのも難しくなかった。

では、コノハチョウが羽を閉じて止まっているのはどんなときかというと、夜だ。

眠るときに茂みの中に入って、羽を閉じて止まる。捕食者に見つかりやすい昼に擬態をせず、暗くて見つかりづらい夜に擬態するというのは、矛盾した行動のように見える。

長年、蝶の斑紋《はんもん》の形成システムを研究している常盤徹《ときわとおる》によれば、蝶の斑紋は大きさと強い相関を持ち、斑紋形成システムのルールを共有しているグループでは具現化される斑紋は場（この場合は翅）の大きさによって決まり、自然選択や機能とは無関係であるとのことだ。

また、枯れ枝に擬態していると言われている昆虫で、エダシャクというシャクガの仲間がいる。地方によっては、エダシャクは「土瓶割り」という異名で呼ばれており、昔の人がエダシャクを枯れ枝と間違えて土瓶の紐を引っ掛けたところ、土瓶がそのまま落っこちて割れてしまったことから名づけられたという。

しかし、このエダシャクの擬態とされている形質も、そもそも枝だと誤認するのは人間だけかもしれず、本当に隠蔽色として役に立っているのかは疑問の余地がある。小松貴『昆虫学者はやめられない』（新潮社）によれば、カメルーンに枝そっくりなガがいて、見た目は枝そっくりだが、ニワトリは宿舎の灯りに飛んできて壁に

ツノゼミのツノは何のために生えている？

ヨツコブツノゼミ

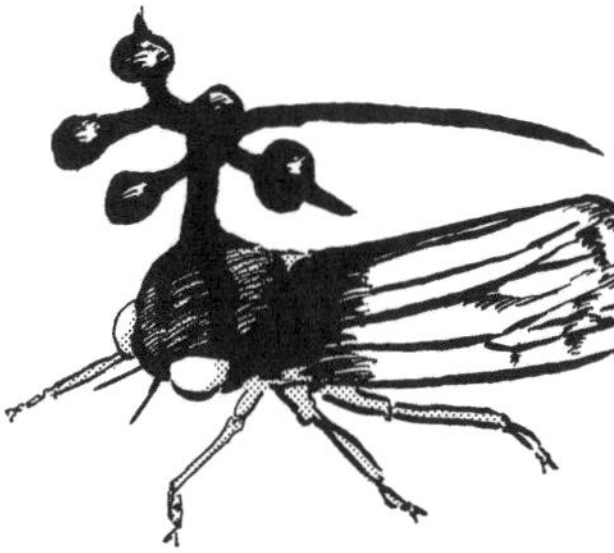

ミカヅキツノゼミ

ツノゼミはツノゼミ科に属する種の総称で世界で3000種以上いるといわれている。

止まっているこのガを片っ端からついばんでいったとのことで、この擬態は何の役にも立っていなかったという。

人間は自分の頭で解決できるものに関しては、やれ隠蔽色だ、やれ擬態だとさまざまな理屈をつけて生物がいかに機能的かを説明するが、なぜ、こんな奇妙な形を持っているか説明不能なものもたくさんいる。

ツノゼミという前胸に奇妙奇天烈なツノを持つ昆虫がいる。普通の昆虫は前胸には何も生えていないことが多いが、ツノゼミの前胸には多種多様なツノが生えていて、いかにも邪魔なように見える。これは前胸に翅をつくる遺伝子が働いていて翅ではなくツノができたらしいのだが、これがどんな機能を持っているか、誰も説明できない。大型の昆虫であれば、こんな大きな突起は非適応的で淘汰されて滅んでしまうだろうが、小さい昆虫は重力から自由で、大きな突起をたくさん持っていても生きるのにさほど困らない。それで、別に役に立たなくとも存在できるのであろう。

機能主義者のネオダーウィニストは、きっと何らかの機能を持つと信じているようだが、絶滅するほど不便でなければ、多少非適応的な形質を持っていても生き延びられるのだ。たいていの形質は適応的でも非適応的でもなく、適応という見地からは中立的な形質なのだと思う。

適応論のあやしげなところ

コノハチョウと名前が似ているコノハムシという虫がいる。コノハムシの仲間は熱帯の東南アジアに何種か生息しており、木の葉にそっくりの形をしており、コノハチョウのような派手な色の羽などは持っておらず、葉っぱの上にちょこんと乗って、のろのろと歩いているような虫だ。

体には、葉脈のような模様、枯れたように見える部分もあり、葉っぱの上に止まっていれば、誰の目にも葉っぱに見えるほど、溶け込んでいる。

ところがコノハムシにはメスとオスでは大きな違いがあり、メスが飛べない一方、オスは細身で飛ぶことができる。飛ぶことができないメスは動きがのろく、見つかるとすぐに捕食されてしまうので、葉っぱに似た擬態を身につけたと考えられている。

普通は、メスは飛べないので、捕食者に見つけられないために木の葉に擬態したと思われるだろうが、オスもメスも遺伝子は基本的に同じなのだから、飛べれば擬態しなくてすむし、実際オスは擬態しなくとも立派に生きている。もっと言えば、飛べてなおかつ擬態していれば、もっと適応的だろうに、なぜそうしなかったのだろう。

適応論のあやしげなところはある形質が絶対変わらない（コノハムシの場合は飛べない）ことを前提にして話を始めることだ。前提が引っくり返れば、話はまるで違ってしまう。コノハムシのメスはたまたまこんな変な形に変異したのでうまく生き延びたのではなく、こんな形に変異したにもかかわらず、それでも種が滅びなかった、というのが本当のところだと思う。

なぜか生き延びている ナマケモノの奇妙な生態

コノハムシと同じように動作がのろい生物に、ナマケモノがいる。

ナマケモノは中南米に生息している動物で、指が3つあるミツユビナマケモノ科と、2つあるフタユビナマケモノ科に分類され6種が現存している。私は山梨大学にいた頃、何もしないでさぼってばかりいる学生に、「君はイッツユビナマケモノだね」と言ったら、「先生と同じです」と返されて大笑いしたことがあった。

それはさておき、ナマケモノは、木の上にいてずっと動かないことで知られている。びっくりするほど動かないので、背中にコケが生え、だんだんと本物の木のコブみたいに見えてくるほどだ。そして1日に食べる量も8グラム程度でしかない。はじめてナマケモノを発見したヨーロッパ人は、ナマケモノがあまりにも食べ物を食べないので、「風から栄養を摂取しているのだ」と考えたという。

なぜ、ナマケモノは哺乳類《ほにゅうるい》であるにもかかわらず、こんなに少食でも大丈夫なのかというと、通常、哺乳類は恒温動物であるのに、ナマケモノは変温動物だからだ。温度が下がれば身体が冷え、それゆえに代謝がかなり抑えられるため、エサをたくさん食べなくても生きていけるのだ。

木のコブと見紛うほどに擬態しているので、ジャガーなどの捕食者にはあまり見つからず、見逃される。ところが、世界最強の猛禽《もうきん》であるオウギワシに見つかると、いとも簡単に捕食されてしまう。

ジャガー同様に、オウギワシもナマケモノを見逃しそうなものだが、オウギワシの研究をしている学者によると、オウギワシが食べているものの約半分がナマケモノだという。つまり、ナマケモノの擬態はオウギワシにもほとんど役に立っていないということだ。

では、これだけオウギワシに簡単に食べられているのに、なぜ絶滅しなかったのか？　もしかしたら、擬態も多少は役に立っていて、オウギワシに見つからない個体もいて、種の絶滅までには至らなかったのかもしれない。しかし、のろのろとしか動けない、というのを前提にしてこの話は成立しているので、なぜもっと素早く動けるように進化しなかったのだろうという疑問に対してはどう答えるのだろう。

形態形成システムの拘束性ゆえに、ナマケモノの仲間は、素早く動くという行動がとれないということだと思うが、そうだとするとここでも、形態が先にあり、機能（この場合は擬態）はそれを前提にして具現化したのだ。

いずれにせよ、ナマケモノはこんな奇妙な生態を持っているので絶滅から免れているというよりも、こんな奇妙な生態を持っているにもかかわらず、絶滅していないというほうが正しそうだ。

ご都合主義!? 適応論のパラダイム

私は東京教育大学の修士課程のときに、ヒメギフチョウの個体群の研究をした。宮城県の小牛田《こごた》の近くの山の斜面を調査地に選び、食草の数、卵数、幼虫数などを毎日毎日数えた。と同時に研究室で飼育して、幼虫の摂取量などを調べた。ヒメギフチョウのメスはウスバサイシンの葉裏に、十数個の卵塊で産卵する。ウスバサイシンはある程度まとまって生えていて、孵化《ふか》した幼虫たちは、3齢《れい》の半ばくらいまでには、一株のウスバサイシンの葉を食い尽くして、新たな餌《えさ》を探して放浪の旅に出る（齢とは幼虫の脱皮回数に応じた成長単位）。新たな株に辿り着けなければ、捕食者に食われるか餓死してしまうと思われる。3齢と4齢の死亡率が高いのはおそらくそのせいだ。5齢（終齢）になると死亡率が下がるのは、幼虫の歩行速度が上がって、餌を探す効率が上がるからだ。

私が解こうとした問題は、卵塊ではなく1卵ずつ卵を産めば、同じ株の葉を食い尽くすまでの時間が延びて、3、4齢の死亡率が下がって、同じ卵数からよりたくさんの蛹（成虫）を生産できるはずなのに、なぜそうしないのかということだ。

つまり、それが非適応的ではないということを証明しようとしたのだ。

昔も今も生態学のパラダイムは、生物の形態や行動には何らかの適応的な意味があるに違いないという信憑である。一見非適応的に思われる形質にも、実は適応的な意味があるとの説明は、パラダイムにのっとっているので歓迎されるが、この形質には、何の適応的な意味もないという論文は、学会誌に載せてもらえないのである。

私は野外調査と、研究室での実験から、1卵ずつ産めば、確かにその世代は成虫の数が増えてヒメギフチョウは繁栄したように見えるが、何世代か経つとウスバサイシンの群落が衰退して、ヒメギフチョウの食草が激減し、ヒメギフチョウの個体群も絶滅に瀕《ひん》するに違いない、という結論を導いた。

短期的には非効率に見える産卵パターンが、長期的に見ると、ホストとの共存を可能にする適応的な方途だったというお話である。修士論文は「ヒメギフチョウ個体群の生物経済学的研究」と題して、日本生態学会誌に英文で投稿して、大過なく掲載された。

しかし、しばらくすると、こういった適応万能論的な考えは怪しいのではないかと思いはじめ、ネオダーウィニズムと距離を置くようになり、ネオダーウィニズム一辺倒だった生態学会からも足が遠のいてしまった。適応論の怪しいことの1つは、他の条件がすべて同じだったら、という暗黙裡の仮定に立脚することである。

たとえば、ヒメギフチョウの卵塊の話にしても、卵塊の卵数だけを比較するから、長期的に見れば、卵塊で産むほうが適応的だという話になるが、もっと大きな卵を1個ずつ、総数も少なく産めば、もっと適応的になるかもしれないという選択肢は無視するのである。あるいはもっと生産性が高い植物に食草を転換してしまえば、話はまるきり変わってしまうという可能性は考慮しないわけだ。

つらつら、自然界を見るに、どう見ても適応的とは思えない形質はたくさんあるが、そういった形質は見て見ぬふりをして、適応というタームで説明可能なところだけつまみ食いして、美味しいお話をつくっているのが適応論のパラダイムなのだと思う。

機能が先か、構造が先か？

――生物の毒と警戒色

毒を持つ生物は食べられないためにとても有利だ。しかし、食べられたくないから毒を持つようになったわけではない。

人間は何かをするのに便利なように道具をつくる。ここでは機能が先にあって構造（道具）はそのためにつくられるわけだが、生物はそんなことはできない。まず何であれ、形質（構造や形態や体内物質）がつくられる。それがあまりにも生きるのに不適応だったら、生物は淘汰されてしまうが、なんとか生きられれば、もっと適応的な形質が出現するまでは、とりあえずは生きているわけだ。だから現在の形質が最適ということはまずないと考えたほうがいい。

システムの拘束性が強い形質を変えるのは困難だが、比較的変更するのが簡単な形質もあり、こういう形質は徐々に適応的になっていくと考えられる。毒を持つ生物種は多いが、まず、突然変異で毒を持つシステムが立ち上がったのだ。毒を持っていれば、捕食者に食われる確率は、毒を持っていない同種の他個体に比べて有利になるので、自然選択の結果、この種の個体はすべて毒を持つ性質を獲得したというわけだ。

その典型はフグだろう。フグはテトロドトキシンという猛毒を持つが、これはフグが海の中の有毒プランクトンに入っているテトロドトキシンを体内に蓄積したものので、フグがフグ毒をつくれるわけではない。有毒プランクトンが存在しない養殖池で育てれば、無毒のフグがつくれる。実際、佐賀県では無毒のフグをつくって、販売の申請を何度も厚労省に対して行っているが、許可が出ないようだ。この無毒のフグを食べて死んだ人はいないので、おそらく、フグの調理師の組合からの政治的な圧力があるのだろう。

フグ毒は実はフグ自身にも毒で、フグが泳いでいる水槽中のフグ毒の濃度を高くすると、フグも死んでしまう。フグはフグ毒に対する耐性が普通の魚より高いということなのだ。たまたまそういう性質を獲得したので、フグは生き残れたのだ。

毒のあるフグはのろのろ泳ぐ。毒があるので素早く逃げる必要がないからと言うと、なるほどと思うだろうが、速く泳げてもその限りでは損はなさそうだ。速く泳ぐのにコストがかかるので、おそらく、このコストを削減して、別のところに使ったのだろう。

毒のある動物は派手な色彩を持つものも多い。これを警戒色と言う。わざと目立つ。色彩を変更するのは、進化的にわりと簡単なので、一度手を出して懲りた捕食者に強烈な印象を与えて、二度と手出しをしないように派手な色彩をまとっているわけだ。無毒な動物が派手な色彩をしていると、すぐに見つかってしまうが、有毒なものが、派手でも食われる恐れは少ない。

南米にはドクチョウ（タテハチョウ科ドクチョウ亜科に属する蝶の総称）の仲間がたくさんいるが、みんな派手な色彩をしていて、ゆっくりと飛ぶ。

だから派手な色をしていて、ゆっくりのろのろ動いている生き物は、多くの場合、毒を持っていると考えてよい。東南アジアのマダラチョウや、日本のアサギマダラという蝶にも毒があるが、やはりとてもゆっくり飛ぶ。

ちなみに、アサギマダラという蝶は、1回でも捕り逃がすと、ものすごい勢いで上空高く飛んでいき、地上から見たらほとんど点になるほどだ。毒があって警戒色を持つのに逃げるのは矛盾しているようだけれども、のろのろしているよりも逃げ

そっくりに似せて捕食者をだます テントウゴキブリ

右がテントウムシで左がそれに擬態しているテントウゴキブリ。

るほうが、命が助かる確率が高いのだろう。

また、アサギマダラは「渡り」をすることでも知られていて、その生態を調査するために本州で捕獲したアサギマダラの羽にマークをしておくと、沖縄などかなり離れた場所でその個体が発見されることがある。かく言う私も、以前、沖縄でマークされたアサギマダラを見つけたことがある。羽が破れてマークが不鮮明だったので報告しなかったが。

警戒色と言えば、テントウムシも忘れてはいけない。実は、あの赤地に黒い点々がついている模様も警戒色と言われている。ナナホシテントウなどというかわいらしい名前がついていて、「てんとう虫のサンバ」という歌もあるくらいなので、虫の中でも好印象を持っている人が多いだろうが、テントウムシは捕まえるとアルカイド系の嫌な臭いを出すので、テントウムシを食べる鳥はいない。

テントウムシに似ている何種類かの無毒の虫がいる。有名なのはテントウゴキブリで、他にもハムシ、ゴミムシ、コガネムシ、ウンカなど、テントウムシに似ているたくさんの虫がいる。これは狭義の擬態で「ベイツ式擬態」と言うが、詳しくは後述する。

意外かもしれないが、ゴキブリは基本的に美味しい虫で、それとは逆にテントウムシは毒のある不味い虫だ。

南米に、ヤドクガエルというカエルがいる。体長5センチメートルほどのものすごく小さなカエルで、これもまた派手な色合いをしている。猛毒の持ち主で、昔、先住民がヤドクガエルの毒を矢に塗って、狩りをしたと伝えられている。大昔の弓矢は、矢の速度も射程もたいしたことがなかったので重宝していたのだろう。ちょっとでも獲物にかすれば、ヤドクガエルの猛毒にやられて息も絶え絶え、身動きも遅くなる。

海にいるヒョウモンダコも猛毒と派手な警戒色を持っている。通常は地味な色彩をしているが、驚くとヒョウ柄の模様に変身するのだが、これは警戒色だと言われている。フグ毒と同じテトロドトキシンを持っている。

日本でも時々、ヒョウモンダコに刺されてひどい目に遭う人がおり、最近では東京の近くの海まで進出しているので海水浴の際は注意してほしい。以前、オーストラリアに行ったときに、そばにいた小さい女の子がヒョウモンダコに手を出したために、「危ない！」と思って突き飛ばしたことがある。その子の母親からキッとにらまれたものの、事情を話したら理解してくれて、感謝された。

ヤドクガエルやヒョウモンダコなどを見ると、確かにこれらの警戒色には意味がありそうに見える。ただし、捕食を免れるという目的のために警戒色が出現したのではなく、たとえ役に立っているとしても毒と派手な色彩がまずあって、その後で、それが捕食を免れるという機能を獲得したのであろう。

一方で、毒のある生物の中にも警戒色を持たないものもある。例は先に述べたフグやスベスベマンジュウガニだ。

スベスベマンジュウガニは、体長4センチメートルくらいの小さなカニで、海岸の磯などに行くとたくさんいる。捕まえて遊んでいる子どもがいるが、あまりにも小さいので食べる人はほとんどいない。

スベスベマンジュウガニも素早く動かないので、捕食者はこのカニが毒だとわかっていて食べないのだと思われる。警戒色を持っていなくとも毒があれば食べられないのだから、警戒色を持つ動物でもそれがどれだけ役に立つかは実はよくわからないのだ。

知れば知るほど不可思議な擬態
――ベイツ式擬態

狭義の擬態、つまり標識的擬態にはいくつかのタイプがあり、最初に紹介するのがベイツ式擬態だ。ベイツというのは有名な昆虫学者の名前で、彼は毒のない動物が毒のある動物に擬態することを研究し、そのためにこのタイプの擬態には彼の名が冠せられている。

ベイツ式擬態で一番有名なのはハチの真似だ。ハチの中には毒針を持つものが多く、哺乳類はこのハチを忌避する。ハチに擬態する虫は驚くほど多い。擬態される生物はモデル、擬態する生物はミミックと呼ばれる。私が最も好きなカミキリムシであるオニホソコバネカミキリはハチをモデルとするミミックである。

オニホソコバネカミキリはとても珍しいカミキリムシで、私は昔、群馬県の沼田から丸沼へ行く途中の大沢という集落の桑畑にいっぱいいると聞いて、ずいぶん採りに行った。思い出深いのが、カミキリムシを採ったことがない人と一緒に行ったときのことだ。「オニホソコバネカミキリとはどんな虫か」と聞いてきたので、「とにかくハチみたいな見た目の虫だ。桑畑に飛んでくるから、それを網ですくって捕まえる。捕まえると刺す真似をするから、びっくりせずに放さないでおく。刺す振りだけをするが、実際には刺されないので、捕まえたら毒瓶に入れれば大丈夫だ」と答えた。

するとしばらくして、その彼が「オニホソコバネカミキリに刺された」と半べそをかきながらやってきた。彼は言われたとおりにハチみたいなものを捕まえたら刺されたと言うのだ。よく見ると、彼が捕まえたのはオニホソコバネカミキリではなく、本物のハチだった。今となっては笑い話だが、オニホソコバネカミキリは、それほどまでにハチによく似ているし、驚くべきは「行動まで似せている」ところだ。

私が知る限り、ハチをモデルとする一番すごいミミックはスカシバガである。『擬態する蛾スカシバガ』（有田豊、池田真澄・著、むし社）に図とともに詳述されているのでぜひ手にとって見ていただきたい。世界に約1000種、日本に約40種分布して、スズメバチにそっくりなものや、アシナガバチにそっくりなものなどがいて、素人はまずハチだと思うだろう。行動もハチによく似ていて、飛びながら後脚をミツバ

そっくりすぎてハチにしか見えないスカシバガ。

チそっくりに動かす種もいる。静止しているところばかりでなく、飛んでいるところもハチそっくりなのだ。

ベイツ式擬態で最もよく知られているのは無毒の蝶が有毒な蝶に似るパターンだ。

有名な古典的な例としては、アフリカにいるオスジロアゲハという蝶が挙げられる。オスジロアゲハのオスはアフリカ全土に分布しており、白い色をしている。だから、「オスジロ」と呼ぶのだが、メスはというとそれぞれの地方の毒を持つ蝶に擬態している。つまり、オスはどこでも同じ姿をしているのに、メスだけが地域によって異なる斑紋を持ち、その地域の毒を持つ蝶に擬態をしているのだ。メスだけが擬態をする蝶は他にもたくさん知られており、たとえばツマグロヒョウモンという蝶は、メスはカバマダラという毒のある蝶に擬態していて飛び方もカバマダラのようにゆっくり飛んでいるが、オスはまったく似ておらず、飛び方も素早い。

蝶の捕食者である鳥は、生きていくためには毒のある蝶の種類を覚えなければいけない。ところが、あまりにも擬態している無毒の蝶が増えると、それをたまたまおいしく食べた鳥が「これは大丈夫だ」と危険な獲物リストから除外してしまい、鳥の犠牲になる無毒の蝶が増えてしまう。だからメスだけが擬態をするというのは、大変効果的だと考えられている。

日本の南西諸島にもシロオビアゲハという無毒の蝶がいて、有毒のベニモンアゲハという蝶に擬態することが知られている。この種もメスだけが擬態して、オスは擬態しない。先に述べたようにモデルに比べてミミックの数が多くなると、捕食者はまずミミックを食べる確率が高くなり擬態の効果が薄れるので、オスもメスもすべて擬態するよりも、メスだけが擬態するほうが、ミミックの種としての生存確率は高くなる。

しかし、ネオダーウィニズムの理論では選択は種ではなく遺伝子にかかるので、もし擬態に効果があるならば、擬態したオスは非擬態のオスより有利になり、この遺伝子は個体群中に拡がっていき、たとえ種の生存のためには不利になってもオスもすべて擬態タイプになってもよさそうなのに、なぜそうならないのだろう。南西諸島ではシロオビアゲハのメスにも擬態型と非擬態型がいて、ベニモンアゲハの数が多い島ほど擬態型のメスの割合が増えるようだ。ベニモンアゲハの数が多ければ、鳥は毒のある蝶の斑紋を覚えやすいので、擬態の効果は上昇するが、そうであれば非擬態型のメスは淘汰されていなくなってもよさそうなのに、なぜそうならないのか不思議だ。

モデルが不在なのに擬態している例もある。

先に述べたツマグロヒョウモンは南西諸島から九州、四国、本州（関東以西）に分布していて、メスはカバマダラという毒のある蝶に擬態していると言われているが、カバマダラは九州、四国、本州には分布していないので、擬態の効果はまったくない。

日本の本州には、ジャコウアゲハというアゲハチョウがおり、アルカロイドという毒成分を含むウマノスズクサの葉を食べるために、幼虫にも成虫にも毒があり、鳥が捕食したがらない。そんなジャコウアゲハに擬態していると言われる種がアゲハモドキというガの一種だ。

それから、オナガアゲハというクロアゲハに近縁（同属）の蝶も、ジャコウアゲハに擬態していると言われている。

これらの3種は飛び方も比較的のろのろしている。不思議なことに、アゲハモドキやオナガアゲハは北海道に棲息しているが、モデルと考えられるジャコウアゲハは北海道には分布していない。したがってこの擬態にも、本土のツマグロヒョウモンのメスの擬態と同じく効果はないはずだ。なんといっても、捕食者である鳥はモデルの毒のある蝶を知らないのだから。

たまたま擬態や選択とは関係なく独自の斑紋形成システムにより、似たような斑紋が出現した結果、機能的に見えるものを擬態と言っているにすぎないのだと思う。

疑わしき擬態の有用性
——ミューラー式擬態、メルテンス式擬態、数量擬態、化学擬態

標識的擬態にはベイツ式擬態のほかに、ミューラー式擬態とメルテンス式擬態と

呼ばれる様式がある。

ミューラー式擬態とは先に述べたドクチョウ亜科の蝶で見られるもので、同所的に棲息する別種のドクチョウの斑紋が互いに似ている現象をさす。もっとも有名なのは中米から南米に分布するHeliconius eratoとHeliconius melpomeneのミューラー式擬態である。この2種は中南米のさまざまな場所に棲息しており、斑紋パターンに10くらいの地理的変異が見られるが、同所的に棲息しているH.eratoとH.melpomeneは同じ斑紋パターンを持つのである。

たとえば、A地域に住むこの2種はaという斑紋パターンを持ち、B地域に棲息する2種はb、C地域に棲息する2種はc……といった具合に、地域ごとに2種が同じ斑紋パターンに収斂するのである。

どちらもドクチョウなので、そこに棲息する鳥にとっては、斑紋パターンがいくつもあるより、1つのほうが覚えやすいので、捕食される確率は下がるという理屈である。

確かにミューラー式擬態は役に立っているように見え、ネオダーウィニストが主張するように、自然選択の結果、徐々に似てきたのかもしれない。しかし、別の機序でたまたま似てしまった後で、この類似が役に立つことがわかったという可能性も排除できない。

ベイツ式擬態ともミューラー式擬態とも言えない標識的擬態にメルテンス式擬態がある。サンゴヘビと総称されるお互いによく似た色彩を持つヘビが南北アメリカ大陸には何種もいて、あるものは猛毒で、あるものは微毒で、あるものは無毒である。有毒のヘビ同士は、ミューラー式擬態と考えてもいいが、無毒のヘビと有毒のヘビの関係はベイツ式擬態ということなのだろう。

ところで、擬態や警戒色が成立するためには、捕食者がこの生物は毒を持つと学習する必要がある。猛毒のサンゴヘビは噛まれると致死的なので、捕食者はこのヘビが猛毒だと学習することができない。学習できるのは微毒のヘビに噛まれたときだ。そこで、猛毒のサンゴヘビと無毒のサンゴヘビはミミックで、微毒のサンゴヘビがモデルであるという話になる。これをメルテンス式擬態というが、何か話がうまくできすぎているような気がするね。擬態とは関係なく同じ斑紋パターンが独立にできたというのが本当の話ではないかと思う。

東南アジアに極めてよく似た色彩と形と大きさを持つ何種ものタマムシが同所的

に棲息している場所がある。Chrysochroa、Callopistus、Philocteanusなどのいくつかの属のたくさんの種が、互いによく似た色彩と形に収斂している。数量擬態といった命名がなされているが、これらのタマムシはすべて無毒なので、機能主義的な説明は困難である。似た斑紋が機能（自然選択）とは関係なく、同所的に出現したと考えるほかはない。

こういうある程度近縁なグループの動物の収斂現象は、比較的一般的なようで、たとえば、トラカミキリ（族：科より下で属より上の分類群のカテゴリー）の仲間では、同所的に棲息する属を異にする多くの無毒の種の斑紋パターンが似てくる。斑紋の形成システムが基本的に同じで、あるアルゴリズムに従って発生すると、同じ斑紋パターンになるのであろう。

自然選択の結果、徐々に似てきて見事な擬態になる、という話が成立するためには、似ていなくとも生きられることが前提である。たとえばベイツ式擬態のミミックはモデルに似ていなくとも差し当たっては生きるのに支障はない。しかし、完璧に擬態していなければ、生きられないものもいる。

アリの巣は多くの捕食者にとっては鬼門であり、うっかり近づくとハタラキアリや兵アリに攻撃される。だから被食者にとってはアリに攻撃されなければアリの巣ほど安全な場所は少ない。それゆえに、アリの巣の中にはたくさんの種類の昆虫が共生している。

たとえば、ハシブトシリアゲアリの巣の中でアリに育てられているキマダラルリツバメ、クロオオアリに育てられるクロシジミ、ヤマトアシナガアリの幼虫を食べるオオゴマシジミ、シワクシケアリの幼虫を食べるゴマシジミといった蝶の幼虫はよく知られた例である。他にもキンアリスアブの幼虫はクロヤマアリの巣に、ヒゲブトオサムシやアリヅカムシはアリと共生している、など枚挙に暇がない。

これらの昆虫がアリに攻撃されないのは、これらの昆虫は共生しているアリとまったく同じフェロモンを身にまとっているからである。アリは通常嗅覚で仲間を見分けており、少しでもフェロモンが異なると攻撃されるので、攻撃されないためには完璧な化学擬態をする必要がある。

だから、斑紋の擬態と違って、これは徐々に擬態をするというわけにはいかない。すなわち、自然選択による漸進的な進化という話は、ここでは通用しない。なぜかは知らないが、アリと同じ化学物質を身にまとうことができるようになったので、

主な擬態とその特徴

広義の擬態

隠蔽色	周囲や景色に紛れる。
警戒色	有毒の生物に見られがちな派手な体色。

狭義の擬態

ベイツ式擬態	捕食者にとって無害な生物が、有害な生物に姿を似せること。	テントウムシに擬態するテントウゴキブリ、毒のある蝶に擬態するオスジロアゲハのメス
ミューラー式擬態	有毒あるいは不味な種の異なる生物同士が、体色や形状を似せること。	ドクチョウ
メルテンス式擬態	猛毒の生物と無毒の生物が、微毒の生物に体色や形状を似せること。	サンゴヘビ
数量擬態	同所的に棲息する何種もの無毒の生物の斑紋パターンなどが似てくること。	タマムシ、トラカミキリ
化学擬態	捕食者から逃れるために、捕食者が忌避するアリの巣で共生するためにアリのフェロモンを身につけること。	アリと共生するクロシジミ、ヒゲブトオサムシ、アリヅカムシ

アリと共生するようになったわけで、アリと共生するために、アリと同じフェロモンを開発したわけではないのだ。ここでも構造（ここではアリと同じフェロモンをつくるシステム）は機能に先行するのである。

生物の擬態という現象は、地球上の生き物たちが持っている「意味のある形質」や「役に立っている形質」の最たるものと考えられている。確かに、中には役に立っている擬態もあるには違いないが、見てくれだけで、実際には役に立っていないものもあるのではないかというのが私の考えだ。

人間という生き物は、「意味」というものにとらわれすぎており、不思議な現象に対してすぐに「これにはどんな意味があるのか？」と反射的に考える。その意味を探究する気持ちが、私たちの文明を発展させてきた原動力であったかもしれないが、反面、その意味へのこだわりが現代に生きる私たちを苦しめてもいるともいえそうだ。

第4章

「無意味」への恐怖を克服しよう

人間は意味のわからないものを恐れる

それにしても、なぜ、人間はあらゆるものに意味を見いだそうとするのだろうか。
おそらく、「意味がわからないものに対する恐怖心」が関係しているのではないかと、私は考える。ムカデやナメクジなど、「何を考えて生きているかわからない生き物」を見ると、彼らが自分の理解を超えているからか、本能的な恐怖心を感じるという人も少なくないだろう。

人間は、何か自分たちの理解を超えたものと相対したときに、その意味を理解することで安心しようとする。

たとえば、洞窟《どうくつ》の中に入っていって、そこに巨大なモニュメントのようなものがあったとする。私たちは「これは何のためにつくられたのだろう?」と考える。それが、おどろおどろしいグロテスクな姿をしていたら、なおさらその意味を知りたがるだろう。ここにとどまり続けたらまずいのではないか、このモニュメントに呪われるのではないか、などとあれこれ考えて、不安を増幅させていくわけだ。

人間にとって、見知らぬもの、理解できぬものは、恐怖と不安を与える存在なのだ。そこに何らかの意味をつけて少しでも恐怖と不安をやわらげたい。この志向こそが、宗教を生み、科学を発展させたのだ。

大昔の人にとって自然は畏《おそ》れの対象であった。天変地異が起きても台風や日照りにあっても、科学というものが存在しない時代にあっては、多くの人々はすべての自然物に霊魂が宿り、この世界の諸現象はこれらの霊魂の働きによると考えて自然の意味づけをしたのであろう。これをアニミズムという。

大昔の人がどういう自然観を持っていたかを直接知る術《すべ》はないが、現在の狩猟採集民の自然観はほとんどアニミズムであることから考えて、大昔の人も同じような自然観を持っていたに違いない。

科学もまた自然の意味づけから始まった。たとえばダーウィンの進化論はこの世界になんでこんなに多種多様の生物種がいるのかという疑問に対する宗教とは別のタイプの答えであった。キリスト教が、すべての生物は神がつくったということで、生物多様性の意味づけをしたのに対し、ダーウィンは起源種から種分岐を繰り返すことにより生物多様性が生じたという別の意味づけをしたのである。

そうは言っても多くの人にとって、すべての存在物に合理的な意味を見いだすことは難しく、生理的に気持ち悪く、嫌いなものがあるのが普通だろう。これは理解できないものに恐怖した原始人の感性が残っているせいだと思う。

昆虫好きな私にだって苦手な生き物はいる。一番苦手なのがザリガニだ。原因は幼少期のトラウマで、子どもの頃、毎日曜日にバケツ片手に父親の自転車の後ろに乗って荒川放水路の岸辺で、よくアメリカザリガニを採りに行き、たくさん採ってきて、それを天ぷらにしたりして食べたりした。その祟《たた》りなのか何なのかよくわからないが、アメリカザリガニが大嫌いになった。サササッと尻尾《しっぽ》で後ろに移動する独特な行動を想像するだけで生理的な嫌悪感を覚える。だから触るのも見るのも嫌である。

養老孟司さんは蜘蛛《くも》が苦手だそうだ。あるとき、側溝を覗いたら、そこにザトウムシという足の長い生物が20匹くらい集まって動いているのを見たときにゾッとして、それ以来蜘蛛が嫌いになってしまったそうだ。ザトウムシはクモガタ類に分類されるが、厳密には狭義のクモ（目）とは違っているものの形はクモに似ているので、クモも含めてこの辺りの生物が苦手になったという。集合体恐怖がきっかけかもしれない。

基本的に昆虫や動物が好きな私や養老さんですら苦手なものがいるのだから、一般の方は、あまり馴染みのない生き物と相対したときには、本能的な恐怖心を覚えるのは、ごく普通のことではある。最近、コオロギ食が話題になって、コオロギが生理的に嫌いな人たちが、ものすごい拒否反応を示して、非科学的なコオロギ食バッシングをしているのも、理屈は生理的な嫌悪に勝てない好例であろう。

意味がわからないものに無理やり意味づけをする人間

虫でなくても、「何を考えているか自分には理解できない人間」も怖い。怖いからこそ、何を考えているのか読めない人間というのは、組織の中でいじめられたり、爪弾《つまはじ》きにされたりしやすい。

インド洋東部のベンガル湾内に、インド領アンダマン諸島の北センチネル島という文明未接触の島があり、そこには数十〜数百の先住民が住んでいるとされているが、ほとんど石器時代と変わらないような生活を送っているらしい。

２００６年に近くでカニ漁をしていた漁師が、島に漂着をして上陸を試みたものの、島民に殺されてしまったという話が残っている。島民にとって、島の外から来た漁師は意味のわからない恐怖の対象であり、それゆえ命を奪うことでその恐怖を解消しようとしたのだろう。また、２０１８年にはアメリカの宣教師がキリスト教の布教のために上陸したところ殺害されたそうだ。現在、北センチネル島はインドの少数民族保護法で接近禁止にされている。

加えて、意味がわからないものに対して、勝手に意味づけをするというのも、もしかすると人間の本能的な行動なのかもしれない。

ニューギニアの高地に住んでいる先住民は、西洋の人間が飛行機で訪問してきた際に、その西洋人を「自分たちの祖先がやってきた」と考えたそうだ。西洋人が飛行場をつくって、セスナで離着陸して、そのそばの倉庫に缶詰などをたくさんしまっていたのを見た先住民たちは、西洋人は自分たちの祖先で、自分たちのためにお土産（缶詰）をもたらしてくれたと考えたのだ。そこで、もっと「お土産」をもらうために、西洋人たちを真似て飛行場や倉庫のようなものをつくり、西洋人の軍隊が行う行動を「儀式」として真似たのだ。翌日になって倉庫を空ければ、そこはお土産でいっぱいになっているはずだと。もちろん、翌日になって倉庫を空けても空っぽだったので、先住民たちはびっくりしたという。

ちなみに、こうした先住民による信仰はカーゴ・カルト（積荷信仰）と呼ばれており、メラネシアなどに存在する招神信仰で、日常的には理解できない現象に何らかの意味づけ（この場合は自分たちに都合が良い意味づけ）をしたいという人間の業のようなものだ。何であれ意味を求めなければ気がすまないのは未開社会から現代まで通底する人間の本来的な性向なのだと思う。

結局、生得的な恐怖もある？　ない？

もちろん、「知らないから怖い」というのもあるかもしれないが、どうも生得的に苦手なものもあるようだ。

たとえば、ヘビが苦手な人は多いだろうが、チンパンジーもヘビが嫌いだ。チンパンジーにヘビをポーンと投げると、みんなすぐに逃げる。ゴムでつくったヘビに似たおもちゃを投げても、逃げる。そもそもヘビに噛まれたこともなければ見たこともない飼育されたチンパンジーでもヘビからは逃げる。人類が人間とチンパンジーに分かれたときに、同じヘビ嫌いな性質が遺伝的に刷り込まれているのかもしれない。

もしかしたら、ヘビに限らず長細くてクネクネ動く動物を忌避するのも遺伝的な性質なのだろうか。ほとんどの人はヤスデやムカデは嫌いだ。ムカデは毒があるけれどヤスデは毒がない。しかし、毒がないと言われてもヤスデを素手で持てる人はほとんどいないと思う。

コウガイビルというプラナリアの仲間で体調が1ｍにもなる動物がいる。雨が止んだ後で、道端に現れたりするが、初めて見る人はびっくりすると思う。黒色のクロイロコウガイビルや黄色のオオミスジコウガイビルなどがいるが、無害な生物で、特に人間に悪さをするようなことはない。しかし、見かけると、気持ち悪いので駆除してほしいという人が多いようだ。スズメバチやアシナガバチのほうがはるかに

「生得的」な嫌悪感を抱かせる
オオミスジコウガイビル。

危険だが、コウガイビルのほうが嫌われている。

ナメクジやカタツムリも嫌いという大人も多いが、生得的かどうかは微妙だ。私は1947（昭和22）年生まれで、幼少期の頃は食糧難だから、カタツムリを食べたこともある。生で食べると広東《かんとん》住血線虫《じゅうけつせんちゅう》という寄生虫のリスクがあるが、火を通せば問題ない。焚き火に入れて醤油を垂らすと殻の入り口のところがグジュグジュと煮えてきて、それを楊枝でつついて引っ張り出して食べた。まあ、調理の仕方はサザエのつぼ焼きと同じだが、サザエのつぼ焼きほどうまくはないけど、食えたことは食えた。

カタツムリに比べるとウニやナマコやホヤのほうが見た目は気持ち悪いという人が多いが、好んで食べる人もいるし、東南アジアではヘビを食べる人も多いので、遺伝的にヘビ嫌いな人と、慣れればOKという人がいるのかもしれない。ハチは見慣れているので、危険なわりにはあまり嫌われていない。


猛毒ということで、一般の人が思い浮かべるのはサソリだ。

タイの山奥に行ったときに、バンガローみたいなところに泊まったが、寝ていると枕のあたりがガサガサとする。何だろうと思って枕カバーを外したら、その中には15センチくらいの青いサソリがいた。あとで聞いたら、そのサソリにはあまり毒はないということだったが、さすがに青ざめたね。そのサソリは今ではうちの標本箱に入っている。

これもタイでの出来事だが、現地の大学の先生と虫採りに行ったときに、私はサソリに刺されてしまった。木の皮をはいだらクワガタがたかっていたので、手を出して捕まえたら「痛え！」と。クワガタに挟まれたのかと思って手をよく見たらクワガタを持った指にサソリがぶら下がっていた。

すかさずクワガタとサソリを毒瓶に入れて一緒にいた先生に見せたら「このサソリ猛毒ね、かわいそうに」と言われたので青くなった。実際はサソリ1匹には大人を殺せるほどの毒はないので、翌日には治ったけれど、かなり痛かったことは確かだ。

一神教と科学に見る袋小路に入り込む思考パターン

何であれ、人間は自分のまわりの現象に対して何らかの意味をつけたがる動物であるという話はくどいほど述べたが、アニミズムの世界観では、すべての自然物には霊魂が宿るわけで、その意味づけには多様性があった。

しかし、今から三千数百年前に一神教が成立すると（世界最初の一神教であるユダヤ教の起源は紀元前1280年とされる）、この世界は神がつくったことになり、神は万物を支配する絶対者に祭り上げられ、起源の多様性も存在意義の多様性もなくなってしまった。万物の意味は神という一点に収斂したのである。

アニミズム的な世界観ではおそらく真理という考えはない。多数の神々すなわち自然は、自分勝手に好きなことをして、人間を楽しませたり、困らせたり、殺したりする。人間もまた神々のネットワークの一部であり、死ねば神々と同化する。それに対して自然を支配している一神教の神では、神の行いと考えが自然現象を決定するわけだから、すなわちこれが真理である。

真理という信憑は一神教を信じる限り、抜き難くなってくる。一神教の典型であるキリスト教では、すべての生物は神の御心に従ってつくられたわけだから、その生存には皆それぞれ意味があり、それぞれの生物の形態にもそれなりの意味があるということになる。人間は万物の霊長として正しくふるまうべきということになり、神から与えられた意味を実現するために正しく生きなければならないという話になる。さらに、人間の身体はそのために神によりつくられたわけだから、意味のない形態は存在しないという話にもなる。

世俗化した一神教はそのあたりの話を曖昧にしているけれども、過激な一神教はたいていそういう話になり、多様性を否定する傾向が強くなる。多くの人が自分の人生にはどういう意味があるのかしら、と考えるのは普通だとしても、正しい生き方があるはずだと思ってしまうのは、一神教的な考えに支配されているせいかもしれない。

科学は、万物は神が創造したという話を否定して、それぞれの存在物には、それぞれの起源と作製プロセスがあることを明らかにした。

たとえば、ダーウィンは、生物の種は神がつくったわけではなく、起源種が種分岐を繰り返すという進化プロセスの結果生じたと考えた。発表当時、キリスト教に激しく攻撃されたのは当然だ。しかし、ここでも進化法則を真理だと考えてしまえば、その思考パターンは真理が存在すると考える一神教と同型になる。

多くの科学者は、この世界を支配しているのは自然法則だと考えているが、究極の自然法則があるという考えは、一神教的であり、科学が西洋の一神教的な風土の中から発生したのは偶然ではないのである。現代人は科学技術の恩恵に浴しているので、真理という概念には馴染みが深く、本当の生き方とか本当の自分とかがどこかに存在すると思ってしまうのだろう。

科学者もまた、存在するものには何らかの意味があるはずだとの信憑に支配されているので、この形態には別段の意味はない、という説明には釈然としないのだろう。

しかし、生物の形態にすべて意味があるかどうかなんてわからない。先に述べたツノゼミ（→153ページ）などは個人的には、ほとんど意味はないのではないかと思っている。眉毛《まゆげ》に何の意味があるのか？　眉毛がなくなったって生きている人はたくさんいるし、そもそも外に飛び出している耳介《じかい》だって、鼓膜さえあれば音は聞こえるのだから、本来なら不要だ。

ところが、ほとんどの人間は「意味を求める病」にかかっているので、毛があるのはあるいは耳介があるのは「何のためなのだ？」と意味を求めて考え続け、それなりに納得できる説明を聞くと、ホッと安心する。

しかし、あまりにも意味を求めて、「万人にとっての正しい生き方があるはずだ」なんて思考に取り憑かれると、病膏肓《こうこう》に入っていると考えたほうがよい。

確かに、人間は意味を求める性質があったからこそ、論理的な思考を身につけ、文明を発展させることができたのかもしれない。しかし、「意味を求める病」が重症になると、死にたくなったり、自分は無価値だと考えたりして、不幸になってしまうのだ。

自分にとって楽しい意味ならばいいけれど、苦痛になるようなものにまで意味を見いだそうとするのは、とりあえずやめたほうがいい。

意味などなくてもいい。今、この一瞬を楽しむことができれば、それで、十分、あなたの人生は幸せではないのですか？　意味を求めすぎるから、その目の前にある幸せが見えなくなるのではないでしょうか。

構造主義科学論の見地

私はかつて『構造主義科学論の冒険』（毎日新聞社、1990年）（講談社学術文庫、1998年）と題する本を出版し、科学は真理を求める営為ではなく、同一性を求める営為であると主張した。

これだけでは何のことかわからないだろうが、「科学は真理を求める営為である」という言明は、真理というものがあるということを前提にしている。しかし、真理があることを証明した人はいないのだから、これは信憑にすぎない。

とはいえ、真理というものがないとしたら、科学は何を目標に研究すればいいのかわからないという個別科学者は多く、私の考えは最先端の科学哲学者以外の人たちには受け入れられなかった。科学の理論は、時空間の違いによって理論そのものが変わってしまっては、理論とは言えないので、いかなる時空間でも、すなわちいつでも、どこでも通用する、不変で普遍なものとして構想されなければならない。すなわち何らかの不変の同一性を孕まなければならない。科学の理論はより多くの現象を説明し、予測可能性を高める同一性を持つほど良い理論といえるが、これが真理であるかどうかを確かめる術はないし、真理概念を捨ててしまえば、それに固執するのは愚かということになる。

AとBという2つの背反する理論があったとき、真理という概念に固執すると、Aが正しければBは間違いで、Bが正しければAは間違いである、と考えてしまうが、状況次第で、Aのほうが現象整合的で、予測可能性が高い場合もあるし、逆にBのほうが現象整合的で、予測可能性が高い場合もあるわけで、使い勝手がいい理論を使えばいいというのが構造主義科学論の主張なのだ。

たとえば、西洋医学と東洋医学では理論体系がまったく異なるが、患者さん次第で、東洋医学のやり方を適用したほうが具合の良い人もいれば、反対の人もいて、どちらを適用すべきかは状況次第なのだ。人々の生き方だって、どんな生き方を選ぶかは、人それぞれで状況次第なのだけれども、多くの人は一神教や古い科学概念と同型な、真理は1つあるいは正義は1つという考えに侵されて、多様性を認めない。

今のリアルな私は偽りの私で、本当の私があるはずだと思い込んだり、あるいは、人間には正しい生き方があると信じたり、挙句の果ては自分の信念を他人に押し付けたりして、ややこしいことになるのだ。

一神教と科学とともに、現代社会に根を張っているものは資本主義である。資本主義の行動原理は経済合理主義なので、効率を重視して無駄を省くのが正しい生き方だと信じる人が多くなっているような気がする。

「意味のある生き方をしろ」「役に立つ生き方をしろ」「無駄な生き方をするな」というのは三位一体となって、多くの現代人の心を縛っている。

しかし、人間は「意味のある生き方をしなくてもいい」し、「役に立つ生き方をしなくてもいい」し、「無駄な生き方をしてもいい」のである。

無駄を省いた効率のいいやり方を追求すると、現在の状況が変わらない限り、現況に適応的になるが、状況が変わったとたんに、具合が悪くなるのは、人間社会でも生物界でも同じである。

2020年から始まったコロナ禍で、マスコミでもさかんに問題になった「病床逼迫率《ひっぱくりつ》」のことを思い出してほしい。病院には、基本的に常に余剰の病床がある。今のところ、どの患者も使っていないベッドのことだ。あるいは多少余裕がある医療体制があるのだ。経済合理性からいえば無駄だけれども。コロナのようなパンデミックが起きると、突然、存在価値が生まれる。

医療体制に余裕があったからこそ、医療逼迫、医療リソースのパンクをある程度防ぐことができたわけなので、これらベッドは実は無駄ではなかったわけだ。ところが、大阪府のような自治体は無駄を省くという名目で医療体制の合理化をはかり、結果、コロナ禍になって医療体制が逼迫してしまった。パンデミックのような有事が起きて、はじめて存在価値が生まれるものがあるという視点を持っておらず、無駄を省くのはいいことだという間違った考えに毒された結果、多くの人の命が失われたのだ。

新型コロナのmRNAワクチンを開発してノーベル賞をもらったカリコー・カタリンも、研究を始めた頃は無駄だと言われて研究費の確保に苦労したようだ。新型コロナが流行る前は、この研究は役に立たないと思われていたのだ。カタリンは研究が面白いと思ってやったのは間違いないが、役に立つかどうかはあまり考えていなかったかもしれない。私自身はｍＲＮＡワクチンは原理的に危険だと思っているが、製薬会社に莫大な利益をもたらしたことは確かだ。

日本の科学技術についても、短期的に儲けようとして、選択と集中と称して期待している分野にのみ研究費が注ぎ込まれて、無駄だと思われる分野にはお金がつかない。これでは画期的なイノベーションは起きず、科学の国際的な水準が地盤沈下していくのは避けられない。

視点を変えれば人間の評価も変わる

生物の世界を見ても、無駄は必要なのだということは、よくわかる。

生物には、単為生殖と両性生殖という、大きく分けて2つの生殖の仕方がある。単為生殖というのは、たとえばメスだけで子どもがつくれてしまう方法で、両性生殖というのは、私たち人間のように、オスとメスの両性が生殖活動を行って子どもをつくる方法だ。

この2つの方法のどちらが無駄かというのは明らかで、生殖するのにオスもメスも必要なのだからどう考えても両性生殖のほうが無駄。単為生殖ならメスだけが必要であり、それだけで完結するのだから、求愛行動とか交尾といったことも必要ないし、はるかに効率的で無駄がない。

ところが生物界を見渡すと、両性生殖の生き物のほうが単為生殖の生き物より多い。それはなぜなのだろうか。

マダガスカル島にミステリークレイフィッシュという単為生殖するザリガニが生息しており、在来種のザリガニをものすごい勢いで駆逐している。このザリガニはヨーロッパの水族館で染色体数が2nのスローザリガニと染色体数が倍化して4nになったスローザリガニが交配して3nのザリガニになったもので、人為的にマダガスカル島に持ち込まれたものだ（染色体の対の数は一般にnで表される）。両性生殖をするためには相同染色体が対合して（ぴったりと合わさって）から減数分裂して配偶子（卵や精子）をつくる必要があるが、3nの生物はnが余ってしまうので対合ができず、したがって減数分裂ができず、配偶子がつくれないので、単為生殖をするしか繁殖する方法がない。当然、メスだけで繁殖して、メスになる卵をどんどん産む。繁殖をするためにオスとオスが喧嘩をしたり、交尾のためのエネルギーを確保したりといった無駄がないため、爆発的に増えているようだ。

生まれてくる子どもは「クローン」で、遺伝子の多様性というものはない。現在の環境には適応しているが、この多様性を持っていないということが、この種の最大の弱点で、もし、マダガスカルの環境が一変したら、全個体があっという間に全滅してしまう可能性もある。

両性生殖であれば、遺伝的な多様性が高いので、環境の変化に適応できる個体が生き残れる確率は高いだろう。長期的に見ると、両性生殖の生物のほうが、絶滅確率が低いのが、両性生殖生物が優勢な理由に違いない。

これに似た例に、19世紀のアイルランドで起きたジャガイモ飢饉《ききん》がある。当時のアイルランドでは、ほとんど一品種のジャガイモしか栽培していなかったが、あるとき、ジャガイモ疫病菌が大流行してしまい、アイルランドのジャガイモはその疫病に対する耐性がなかったために、ほとんど全滅してしまった。その一品種がアイルランドの環境によく適応していた「優れた品種」で、優れていたからこそ、皆が同じ品種をつくっていたことがほぼ全滅の原因だと思われる。そういう無駄を排することをやめて、一見、優れていないように見える品種も同時に栽培していれば、壊滅的な飢饉に見舞われることはなかったはずだ。

つまり、有事ではないときには無駄だと思われているものが、ひとたび有事になったら全然無駄ではなかった、むしろ種全体を救うヒーローだったとわかることもあるのだ。

これは、何も生物界だけの話ではない。何が無駄で、何が有用かというのは、環境の変化によっても変わる。一見無駄なものでも、なるべく多様性を担保しておくことは将来のリスクヘッジのために重要なのだ。

現在、日本はいろんな科学的な研究に対して予算を割り当てるのに、選択と集中などといって、何でもすぐに役に立ちそうな研究に多くの予算を割り当てて、役に立ちそうもない研究を潰そうとしているが、多様性が乏しくなった社会は長い目で見ると衰退する。無駄だから止めようという判断で中止になった研究の中に、将来的にとんでもない価値を生み出す研究があるかもしれない。

そしてこれは当然、皆さんの人生にも適用できる。「自分は役に立たない無駄な存在だ」と思い詰めている人は、たった1つの視点から見て無駄だと判断しているだけで、見方を変えたり、時間軸を変えたり、環境が変われば、あなたは全体にとってものすごく必要な人材かもしれないのだ。

前に書いたようにベーシック・インカムの時代になれば、ベーシック・インカムでもらったお金を使うことが一番社会に役に立つことになるはずだ。「役に立たなければならない」という呪縛からどうしても逃れられない人にとっては、これは福音だと思うけれども、何度も言うように人は別に役に立たなくたっていいのだ。

私は昆虫の採集と標本蒐集を趣味としているが、何かの役に立つかと言われれば、ほとんど社会の役には立たないだろう。しかし、私自身はそれで楽しいのであるから、他人に文句を言われる筋合いはないのだ。

みなさんも「意味のある生き方」とか「役に立つ生き方」とかいったおためごかしの甘言にだまされないで、自分が最も楽しいように生きてください。

あとがき

――意味などないけど楽しく生きよう

人生に意味なんかないことを縷々《るる》述べてきたが、「私の人生に意味がないなんて嫌だ」と思う人もいるだろう。何度も言うように、そう思う人がたくさんいることと、「人生に意味がある」という命題が真であることは別のことなのだが、「私の人生には意味があった」と満足して、それが本人にとって楽しければ、意味があろうがなかろうが、私には何の文句もないけれどね。

中には、生きていた証として何か形のあるものを、後世に残したいという人もいると思う。自分史を自費出版して、知り合いに配る人もいるし、私のように100冊以上の本を書く人もいる。政治的な権力者や大富豪の中には、自分の名前を冠した博物館をつくったり、巨大なお墓やモニュメントをつくったりする人もいる。自分の偉大さを後世の人に見せつけたいという欲望は、一部の人類に備わったどうしようもないパトスなんだとつくづく思う。

しかし、私の本も含めてそれらはすべて究極的には無意味なのだ。あなたが、どんな立派なお墓をつくっても、お墓参りをしてくれる人はせいぜい孫の代までで、あなたを直接知る人がいなくなってしまえば、そのお墓は無意味になってしまう。

秦の始皇帝の墓も仁徳天皇の墓もクフ王の墓も、研究者や観光業者にとっては飯のタネだろうが、現在生存している人は、誰も始皇帝も仁徳天皇もクフ王も知らないわけで、今では彼らはすべてただの記号である。

約30万年前に出現したとされる現生人類（ホモ・サピエンス）がいつまで生存するのか、もちろん誰にもわからないわけだが、チンパンジーから分岐して現れた化石人類のいくつもの種は、せいぜい100万年位しか生存しなかったわけで、ホモ・サピエンスもこの後、長くとも数百万年以内には絶滅するだろう。

人類が永遠に生き続けると夢想する人もいることはわかっているが、太陽系にも寿命があり、銀河系にも寿命があるわけで、永遠に人類が生存することはあり得ない。

人類が絶滅してしまえば、人類のすべての業績には何の意味もなくなってしまう。

悠久の宇宙の時間の流れの中では、人類の生誕も絶滅も、人類が築いた文化も文明も、一瞬の点のようなものだ。だから、もちろん人生には不変で普遍の意味などはないのだ。

しかし、だからと言って、人生が楽しくないということはないのだ。

私は自分が書いたたくさんの本が究極的には無意味だと知っているが、本を書くのは私にとって楽しいし、読んで面白がってくれる人も多少はいる。人生の意味を求めて悩むよりも、意味などないと悟って、自分が最も得意なことをして楽しく生きたほうがいい。

ただし、他の人が楽しく生きるのを妨害してはいけません。多くの人がそのことを理解すれば、世界は今よりずっとハッピーになるだろう。

池田 清彦（いけだきよひこ）

1947年、東京都生まれ。生物学者、評論家、理学博士。東京教育大学理学部生物学科卒業、東京都立大学大学院理学研究科博士課程生物学専攻単位取得満期退学。山梨大学教育人間科学部教授、早稲田大学国際教養学部教授を経て、山梨大学名誉教授、早稲田大学名誉教授、TAKAO599MUSEUM名誉館長。『構造主義科学論の冒険』（講談社学術文庫）、『環境問題のウソ』（ちくまプリマー新書）、『「現代優生学」の脅威』（インターナショナル新書）、『本当のことを言ってはいけない』（角川新書）、『孤独という病』（宝島社新書）、『自己家畜化する日本人』（祥伝社新書）など著書多数。メルマガ「池田清彦のやせ我慢日記」、VoicyとYouTubeで「池田清彦の森羅万象」を配信中。

人生に「意味」なんかいらない

２０２３年12月２日　初版発行

著　者　池田清彦
発行者　太田　宏
発行所　フォレスト出版株式会社
〒１６２-０８２４
東京都新宿区揚場町２-18 白宝ビル７F
電　話　０３-５２２９-５７５０（営業）
　　　　０３-５２２９-５７５７（編集）
ＵＲＬ　http://www.forestpub.co.jp

印刷・製本　中央精版印刷株式会社

ISBN978-4-86680-247-3　Printed in Japan